江戸あわび

料理人季蔵捕物控

和田はつ子

時代小説文庫

角川春樹事務所

本書は、時代小説文庫（ハルキ文庫）の書き下ろし作品です。

目次

第一話　骨董飯

一

江戸の秋は音と味である。

じっと耳を澄ませていると、色づいた木の葉が清々しい秋風に馴染《なじ》んで、さらさらと鳴って散る静かな音が何とも美しい。そして、秋の美味はこの音のように繊細優美であった。日本橋は木原店《きはらだな》にある一膳飯屋《いちぜんめしや》塩梅屋《あんばいや》では、料理人で店主の季蔵《としぞう》がアワビ料理に余念がなかった。

今年は珍しくアワビが豊漁なのである。本来、旬《しゅん》は夏なのだが、秋になってもまだまだ味のいいアワビの水揚げが続いていた。

季蔵には漁師に伝手《つて》があり、日々、活きのいいアワビが届けられている。

そもそもアワビは、丹念に干しあげられ、煎海鼠《いりこ》やフカヒレと並んで、貴重な輸出品となるものであり、そう簡単には市中の庶民の口に入るものではなかった。

こんな機会は滅多にあるものではないので、長月《ながつき》に限って季蔵はアワビの昼餉《ひるげ》を始めた。

骨董飯《こっとうめし》にさらにアワビの刺身を添えるという贅沢《ぜいたく》なアワビ三昧《ざんまい》である。

骨董飯とは、よく洗って汚れを取り除いたアワビを一刻（約二時間）ほどかけて蒸しあげる。冷めてから薄切りにして細く切る。その間に飯を炊《た》く。

薄焼きにした卵と揚げた生麩《なまふ》、油揚げを千切りする。生椎茸《しいたけ》もさっと焼いて千切りに揃《そろ》える。

出汁《だし》に梅風味の煎《い》り酒適量を加えて、一煮立ちさせて、かけ汁を作る。炊きあがった飯を器に盛り、具を載せ、胡椒《こしょう》をふって、熱いかけ汁をかける。

刺身の方は人それぞれに好みがあった。季蔵が入手できるアワビの種類は、オガイアワビとも呼ばれるクロアワビ、メガイアワビ、マダカアワビの三種である。

このところ、常連客の履物屋の隠居喜平《きへい》と大工の辰吉《たつきち》が、昼も夕もアワビ三昧目当てに通ってきている。この日の夕刻も、

「刺身はオガイアワビで頼むぜ。あのこりこりっとした歯触りが何ともいえねえ。アワビの刺身ってえのはとにかく硬くなきゃあな」

毎度、辰吉は念を押すのを忘れない。クロアワビにはほどよい磯《いそ》の香りがあって、食感も旨味《うまみ》も強いのである。

「わしはメガイアワビに限る。生で食べてあれほど旨味があるアワビはない」

喜平はメガイアワビに魅せられている。

「生のメガイアワビは身が柔らかだから、あんたのような年寄の歯でも噛《か》めるんだろうね。

あんただって、食通を気取ってる以上、若い頃はこりこりのクロアワビの刺身の方が好みだったはずだよ」

　辰吉がやや意地の悪い突っ込みを入れると、

「ここでアワビを楽しませて貰《もら》える前は、オガイとメガイはアワビの雄《おす》と雌《めす》だなんて、平気で無知を披露してたあんたにだけは、とやかく言われたくないね」

　喜平も負けてはいなかった。

「食い物にうるさい助平のあんたがメガイアワビを好きだというから、てっきり、メガイは雌だと思っただけのことさ」

　辰吉はふんと鼻を鳴らし、

「今時面白くもない洒落《しやれ》だ」

　喜平は口をへの字に引き結んだ。

　喧嘩《けんか》友達の二人はしばらく、埒《らち》もない言い合いを楽しんでいたが、

「勝二《かつじ》さんはどうしています」

　季蔵の言葉に話を途切らせ、顔を見合わせた。

――まずかったかな――

「心配はしてる」

　辰吉の酔いがやや醒《さ》めた。

「仕事も順調なことだし、わしは誘ってやれと言ったんだがね」

喜平はちらと辰吉の方を見た。

「たしかに勝二には、木挽町《こびき》にある小間物屋横田屋《よこたや》に腕を見込まれて、店に並べて売る指物の仕事が入ってる。先代から受け継いだ箸《はし》や箸置きの他に、文箱《ふばこ》とか化粧箱の類《たぐい》が飛ぶように売れるんだそうだ。けどね、ここで慢心は禁物だと俺は思うのさ」

辰吉は眉間《みけん》に浅く皺《しわ》を寄せて、

「ここで技の味を売るあんたならわかるだろう、季蔵さん」

じっと季蔵を見つめると、代わりに喜平が口を開いた。

「それは下駄職人だったわしにもよくわかる。だから、余裕ができて、また、わしらに加わってここに通いたいと言ってきた勝二を辰吉が、〝まだ早い〟と諌《いさ》めたと聞いても、なるほどと思った。珍しく言い合いにはならなかったんだ」

「なるほど」

もっともな話だと季蔵も思った。

この何年かの間に広く知られるようになった、小間物屋の横田屋は新参者ながら、勢いと人気があり、世の女たちが、一日店にいても飽きないほど、安くて趣味のいい小間物が所狭しと並べられているという評判であった。

――当初は主《あるじ》夫婦だけで始めた商いが、ここまで大きくなったのは、次から次へと新しい感覚のものを仕入れる手腕と才覚があるからなのだろう。それだけに、勝二さんが作って納めている品が売れなくなったら、つきあいはあっさりとなくなりそうだ――

「どうだろう、勝二のところにアワビの菜を届けるというのは」

辰吉が言いだし、

「わしも季蔵さんに頼もうと思っていたところだ」

喜平は相づちを打った。

「それにはわたしも一枚噛ませていただきます。これを勝二さんに差し上げてください」

季蔵は蒸したマダカアワビが入った骨董飯を詰めた重箱と、生のマダカアワビ数個を入れた竹籠《たけかご》を渡した。

マダカアワビは生で食べると柔らかく、味わいに欠けるが、蒸しさえすれば旨味が出てきて、他のアワビに引けを取らない絶品となる。

喜平たちが店を出て行くと、

「おいらにはわかんないなあ。どうして大人は皆あんなにアワビが好きなんだろ」

季蔵の下で修業を積んでいる三吉《さんきち》は首をかしげて、

「それとアワビとトコブシってどう違うの？　そっくりに見えるけど――」

さらに続けた。

「アワビが好まれる理由は追い追い料理の妙でわかるようにする。その前にトコブシとアワビの違いを教えよう。トコブシはアワビの仲間だがアワビより浅瀬で獲《と》れて、それほど大きくならず、二寸（約六センチ）もないものが多い。また、アワビの殻に並んでいる穴は四、五個ぐらいだが、トコブシは六から八個ぐらい。アワビでは穴の周囲がめくれ上がっており、穴の大きさも大きいが、トコブシの方は穴の周囲はめくれず、大きくは開いていない」

「鷹《たか》のでかいのが鷲《わし》って言われるのと同じだね。アワビは鷲で鷹がトコブシ」

「まあ、そうだな」

「それで味の方はどうなの？　トコブシは小さい分、ぎゅっと旨味が詰まってて、美味《うま》いような気がしないでもないけど――」

「ほとんど変わらないとされている。ただし、熱を加えてもトコブシは硬くなりにくいので、煮貝にするには重宝だ。殻から出した身をそのままトコブシ鍋《なべ》にしても絵になる」

「煮貝っていえば甲州（山梨県）のが名高いよね。凄《すご》く美味《おい》しいらしいけど、目が飛び出るほど高いんだってね」

「アワビの煮貝はアワビを丸のまま、醤油味《しょうゆあじ》の煮汁で煮浸《にびた》しにしたものだ。これは先代のとっつぁんが書き遺《のこ》していた日記に書かれていたことだが、クロアワビ、メガイアワビ、マダカアワビ以外にも、熱を通しても硬くならないトコブシも多く使われてきたのだという。アワビの煮貝事始めは、駿河湾《するがわん》に臨む駿河国でとれたアワビが甲州へ運ばれたゆえだとされている。アワビの煮貝は海に面していない甲州者ならではの知恵だな。また、甲州のアワビに関する技は醤油味の煮アワビだけではなく、塩を用いた生アワビの塩漬けにも及んでいるのだそうだ」

「もう一つ訊《き》きたいことがあった。アワビの胆《きも》は毒だって、おっかあが言うんだけど、それって本当？　もしかして、死ぬまでに、肴《さかな》のアワビの胆をたらふく食ってみたいっていつも言ってる、酒好きのおっとうを黙らせるための方便かな？」

「一理はある。陸奥《みちのく》には、〝春先のアワビの胆を食べさせると猫の耳が落ちる〟という言い伝えがある。アワビの胆を食べて、猫のように春の陽《ひ》だまりの中に居ると、一、二日で、顔や、手、指に発赤《はっせき》、はれ、疼痛《とうつう》などを起こすんだそうだ。やけどの様な水泡が出来て、化膿《かのう》することまであり、治るには一月近くかかる。ただし、中《あた》るとまずは命がない河豚《ふぐ》の胆と違って、不思議にも春先に限ってのことなのだから、今の時期は大丈夫だ」

「でも、やっぱり、毒っていうからには、秋のアワビの胆にも中ることだってありそうで――」

三吉が怯《おび》えた表情になると、

「その点は色で見分けることもできるんだ。春先のアワビの危ない胆は黒に近い濃い緑で、今頃のは色が薄く、灰色がかった緑色か、緑がかった褐色と決まっている」

季蔵は言い添え、

「それなら安心できるね」

三吉はほっと胸を撫《な》で下した。

二

アワビの秋振る舞いは好評で昼時になると塩梅屋の戸口の前には、人の列ができるほどであった。

昼餉に限ってのさらなる常連もできた。小田原《おだわら》町で小さな海産物屋を営む富助《とみすけ》もその一人であった。熱心に毎日通ってきていて、ある日、

「実は願い事があるんですけど――」

富助は年齢《とし》を取った三吉のように見える丸顔を緊張させた。

「ちょいと図々しすぎるかもしれないんですが――」

切り出しあぐねている富助を、

「どうぞ、何でもおっしゃってください」

季蔵は笑顔で促した。

「俺はアワビがよく獲れる伊勢《いせ》の生まれでしてね。ついつい、なつかしさに釣られて通ってきてたんですが、今年はこの江戸もアワビの当たり年なもんだから、俺の店でも、その気にさえなれば、煮貝に適したメガイアワビやマダカアワビが沢山手に入る」

「そうでしょうね」

季蔵はさりげなく相づちを打って相手の次の言葉を待った。

「思いきって、うちでも蒸したり、煮たりしたアワビを売ってみようと思ったんです。ただ、どうにもこうにも、どうやったら上手《うま》く蒸したり、煮たりできるのか、皆目見当がつかなくて困ってね。教えては貰えないだろうか?」

富助は懇願のまなざしになった。

一お安いご用です。今ちょうど蒸しアワビと煮アワビを拵《こしら》えようとしていたところでしたから」

「いいんですかね？　秘伝だったりしたら申し訳ないけど——」

富助は睫毛《まつげ》をぱちぱちさせて恐縮し、

「もちろん、かまいません。広く沢山の人たちに美味しいものを食べていただきたいというのが、先代からの志《こころざし》ですので、塩梅屋《うち》の料理に秘伝などあるものですか」

季蔵は快諾した。

「それではまず、アワビに熱を加える秘訣《ひけつ》について知りたい。どうして、アワビを蒸したり煮たりした時、熱いうちは柔らかいのに、冷めると硬くなってしまうのですか？　ここの骨董飯のアワビは冷めていても柔らかだ。また、甲州から届く煮アワビはもっと時が経《た》っているというのに、柔らかなままだ。何か特別なものを使っているのですか？」

富助は首をかしげた。

「特別なものは何も使っていません。ようは煮るのにかける時です」

季蔵は言い切った。

「煮るのにかける時？　なるほど、さっと煮れば確かに硬くならずに済むな」

合点しかかった富助に、

「アワビに限らず、貝は火が通ってすぐは柔らかくなりますが、火を入れ続けると硬くなります。しかし、さらに火を入れ続けると、また柔らかくなるのです。ですから、さっと煮て仕上げるか、長く煮込んで仕上げるかを料理によって変えるのです」

季蔵は要点を告げた。

「さっと煮るってどのくらい？」

富助に訊かれ、

「さっと煮には刺身でも美味しいクロアワビ、またはメガイアワビが適しています。一から始めて五百まで数える間です。小さめのアワビですと三百まででいいかもしれません。さっと煮は、急いでいる時のアワビの和《あ》え物等には便利です。少々アワビの鮮度が落ちていても、刺身とあまり変わらない磯の香りを残せるだけではなく、火を通すので安心ですしね。しかし、これは日持ちがしないので、店を仕舞うまで店頭にアワビを晒《さら》して売る、そちらの商《よど》いには、念を押すまでもなく向いていません」


季蔵は淀みなく答える。

「それでは長く煮込むのにかける時は？」

富助の目は真剣そのものである。

「まあ、一刻から一刻半（約三時間）が目安です。弱火でことことと煮て、水や酒で煮汁を足すなど、とにかく、煮詰まらないようにしなければなりません。さっと煮よりも煮込みの方が味もしっかりつくし、そのせいで日持ちがいいのは、言うまでもないことです。それでは先に——」

季蔵はマダカアワビを使って、蒸しアワビに取りかかった。

「まずはタワシで丁寧にアワビの汚れを落とさなければなりません。下ごしらえをお願いします」

季蔵に役目をふられた富助は、たっぷりの塩でじょりじょりとアワビをもみ洗いした。

「殻から身をはずすのは、わたしがしますが、身もたっぷりの塩をふって、タワシでこすってください。殻の内側も洗い、また殻に戻しておいてください」

季蔵の指示は綿密である。

「故郷《くに》じゃ、そのまんま煮炊きしてるのを見たことがあるんだがな」

「煮たり蒸したりする場合、剝《む》かないでそのままやる場合もありますが、中の汚れが残っていると、せっかくのアワビの風味が損なわれますから」

「なるほどね。きっとここいらがお江戸の料理人の技《わざ》なんだろうね」

富助はわりに器用な手つきでアワビの身を塩で磨き、殻に戻した。

富助が下ごしらえしたマダカアワビは、たっぷりの酒と極少量の醬油を入れた皿に乗せ、その上に大根の輪切りと大きめの昆布《こんぶ》が乗せられて、蒸籠《せいろう》で一刻半蒸される。

その間、富助は身の上話を始めた。

「俺は海が綺麗《きれい》な勢州《せいしゅう》の玉木《たまき》藩の生まれなんですが、ある年、酷《ひど》い飢饉《ききん》で両親や弟妹が食うや食わずとなり、僅《わず》かな銭と引き替えに故郷を後にした。十五歳の時だったが、それから十年は大坂で寝る間もないほど働きました。思い出したくもない、辛《つら》い毎日だった」

富助はこれでもか、これでもかとこき使われる身に伴う、悲喜こもごもの話をしてくれた。

　夜食の汁粉や甘酒、鯨汁《くじらじる》やぼた餅《もち》の話は楽しそうに話したが、

「誰でも仕事は辛かった。そして、やさぐれた気分のツケは弱い奴のところへまわる。奉公人仲間の中には、あんまり上や仲間からの虐《いじ》めが辛いんで、土蔵の梁《はり》で首を括《くく》ったのもいましたね。俺がそうならなかったのは、そこまでは弱くなかったからだと思う」

　耐えきれずに命を絶った仲間の話になると、富助の声は低くなり、ぐすんと鼻が鳴った。

「そろそろ蒸し上がったようですよ」

　季蔵は蒸籠からアワビの入った皿を取り出して冷ました。

「美味そうな匂《にお》いだね」

　富助はふふふと笑って、

「あいつは何で死んじまったのかね。生きてりゃ、こんなに美味そうな匂いのするご馳走《ちそう》にありつけることもあるっていうのに」

　湯気の立っているアワビを見つめた。

　季蔵はほどよく冷めたところで、俎板《まないた》の上に蒸しアワビを置き、包丁を寝かせて左右にこまかく動かしながら身に小波《さざなみ》が立つようにみえる小波造りにして、

「召し上がってみてください」

　箸を富助に手渡した。

「このままですか？　聞いた話じゃ、蒸しアワビには、アワビの胆を潰《つぶ》して、殻に溜《た》まっ

た煮汁と酒、醬油を混ぜたタレが合うってことだが――」

「まあ、そうおっしゃらず、まずは何もつけずにどうぞ」

季蔵は躊躇《ちゅうちょ》する相手にアワビの一切れを口に運ぶよう促した。

「美味いっ。柔らかで磯の香りとアワビならではの滋味が詰まってる。これ以上の酒の肴はまずないな」

感激の一声を上げた富助と、用足しから戻ってきた三吉にも、

「余興です。マダカアワビの刺身とこの蒸しアワビを食べ比べてください」

季蔵は手早く刺身につくった一品を勧めた。

「嘘《うそ》だろう？」

富助は刺身を口にして顔をしかめ、蒸しと刺身の両方を味見した三吉は、

「同じ種類のアワビだなんてとても信じらんない」

思わず大声を上げていた。

「つまり、これが大人や酒好きの誰しもがアワビに夢中になる理由の一つなのだよ」

季蔵は三吉の問いに応《こた》え、

「それから、さきほどおっしゃっていたアワビの胆タレは、このようにしていただくと、時が過ぎて冷めたアワビの美味しさが増します」

アワビの殻に素早く混ぜてつくった胆タレをすいっと流すと、その上に小波造りのアワビを並べて、富助に微笑《ほほえ》みかけた。

「さて、次はいよいよ、醬油味の煮アワビです」

すでに鍋には一刻ほど前から、水と出汁昆布《だしこんぶ》が入っていて完全に広がっている。

この鍋を火にかけ、煮立ったら弱火にし、ふつふつとしてきたら、出汁昆布を取り除き、醬油と味醂《みりん》を入れ、煮立つのを待ってアワビを加える。

「後は落とし蓋《ぶた》をして弱火で煮ます。火を止めて、取り除いた出汁昆布を戻し、そのまま一晩置いて煮汁を含ませるのですが、この時、煮汁からアワビが顔を出さないよう、煮汁が足りなければ酒と水を足してください。これは昨日つくっておいたものです」

季蔵は別の鍋の蓋を開けると、指でぽろりとアワビの殻から身を外した。出汁昆布を刻んで殻の下に置いて下敷きにし、肝と紐《ひも》部分を外して、小波造りにしたアワビの身の下にそっと忍ばせる。

三

「どうぞ、こちらも召し上がってみてください」

季蔵は勧めたが、

「ずいぶんと漬け置きのための煮汁が余ってますね」

富助はすぐに箸を伸ばさず、勿体《もったい》ないといわんばかりに、鍋に残っている煮汁を見つめた。

「それではこの煮汁でアワビ飯を炊きましょう」

季蔵は釜《かま》に洗った白米と出汁昆布を入れ、酒、醤油、味醂、漉《こ》した煮アワビの煮汁で水加減した。

アワビ飯が炊きあがるのを待つまでの間、富助は中断していた身の上話の続きを話した。

「自分で言うのも何だけど、人買い同様での大店《おおだな》奉公の間、陰日向《かげひなた》なくよく働いたと思う。その後、年季が明けた二十五歳の年に、一念発起して江戸へ出てきました」

「大坂に留《とど》まらなかった理由《わけ》は？　十年も滅私奉公をしたのですから、さらに忠義を励めばいずれ、ご褒美《ほうび》にと店の一軒でも持たせて貰えたのでは？」

「ははは」

富助は自嘲《じちょう》めいた笑いを洩《も》らした。

「馬鹿正直な俺は人の覚えが悪いんですよ。そんなわけだから、十年も身を粉にしたというのに、旦那《だんな》様はろくろく俺の名も覚えちゃいなくて。これが堪《こた》えてね。要領のいい奴らが怠けていてもどんどん上に行くのを見てて、見切りをつけました。江戸は権現《ごんげん》様が開かれたところで、その前は一面の狐狸《こり》の棲《す》む林、上方と違って、あれこれうるさい風習が少なく、一旗揚げやすいとも聞いてもいたしね。江戸には新風が吹いているような気がした」

「その通りになりましたね」

季蔵は的を射た相づちを打ったつもりだったが、

「いやあ、馬鹿正直は変わりませんから、仕事にありつくのがやっとやっとのその日暮らしでしたよ」

富助は苦笑した。

「でも、ご苦労が報われ、今は立派に小田原町で海産物屋さんを開かれているではありませんか？」

季蔵の言葉に、

「それはあんた、駿河町の両替屋井本屋《いもとや》さんのおかげですよ」

富助は拝むように両手を合わせた。

「駿河町の両替屋の井本屋さんといえば、井本屋敏右衛門《としえもん》さんのことですよね」

季蔵は念を押し、富助は大きく頷《うなず》いた。

「どうして、俺みたいなのが、江戸で一、二を争うお大尽の井本屋さんとつきあいがあるのか、知りたいって顔をしてますねえ」

富助の目がふっと笑ってじっと季蔵を見つめた。

「よろしかったら、お聞かせください」

季蔵は相手を促した。

「まあねえ、どうということもない話なんですがね。その頃、といっても二年ほど前のこと、俺は魚の棒手振《ぼてふ》りで身すぎ世すぎしてた。故郷は魚がよく獲れたんで魚にだけは目が利いたんだ。売れ残った魚は駿河台の武家屋敷に納めてた。お武家は気位ばかり高いだけで、家計は火の車だから、うんと安くするという取り決めで、喜んで引き取ってくれてた。

そんなある日、夕方を過ぎた頃、偶然、故郷の殿様の江戸屋敷を通りかかったんだ。佐伯《さえき》越中守資唯《えっちゅうのかみすけただ》様——今も、殿様のお名は覚えてる。俺が天秤棒《てんびんぼう》を担いで立ち止まったのは佐伯様の江戸屋敷の裏手だった。どうして、立ち止まったかっていうと、七、八匹は居たと思うが、野犬の群れが宝泉寺《ほうせんじ》駕籠《かご》を取り囲んで、わんわん吠《ほ》え立てていたからなんだ」

「中にどなたか居たのですか？」

「もちろん。ただし、恐れをなして逃げたのか、駕籠者の姿はもう、どこにもなかった。そうこうしているうちに、野犬たちは駕籠の引き戸をがりがりやり始めた。中の人が引き摺《ず》り出されて食い殺されるのは目に見えたから、俺は〝おーい、こっちだ〟と叫んで、野犬たちの気をひいた。幸い売れ残った烏賊《いか》や鰺《あじ》が沢山あったんでね。それらを一杯、一杯、一尾、一尾、満身の力を込めて、なるべく遠くへ投げたんだ。匂いに引かれた野犬たちはそっちの方へ走って行き、俺は駕籠から井本屋さんを連れ出し、背負って、野犬たちとは反対の方向へ走って逃げた。馬鹿正直の他に力と足も取り柄だったんで、何とか駿河町の井本屋まで走り通せたんです」

その時の息切れを思い出したのか、富助はふうと大きくため息をついた。

「井本屋さんのご主人は、さぞかしあなたに感謝されたことでしょうね」

「井本屋の旦那と俺は同郷だってことがわかると、旦那、敏右衛門さんは同郷の俺が通りかかって自分が助けられたのも、全《すべ》ては神様のお引き合わせだなんて、たいそうなことを言い出して、大恩人だの、同郷のよしみだのという名目をつけて、潰れかけてた海産物屋を買い取って、しがない棒手振りの俺を主にしてくれたんです。これが俺みたいなもんが、天下の大商人井本屋敏右衛門を知ってる理由ですよ」

富助はやや照れ臭そうに笑った。笑うと、たいていは下品にしか見えないはずの乱杭歯《らんぐいば》に愛嬌《あいきょう》があった。

善意の塊のような富助は話を続ける。

「それでも、俺だって意地があるから、井本屋さんが海産物屋を買い取るために出してくれた金は、借りたことにしてもらって、何とか店の儲《もう》けで返そうと決めてる。ところが、これがなかなか――。魚の品定めがモノを言う仕入れと、これを売りさばく才はまた別なんですよ。塩梅屋さん、無理を承知で、あんたに煮アワビの秘訣を聞きにきたのも、目先の変わった品を売って、多少なりとも儲けをだして、返す金にしたいからなんです。それとね、美味い煮アワビを拵えたら、真っ先に井本屋さんに食べて貰いたいんだ。あの旦那だって、俺と同郷ならアワビ好きに決まってるからね。俺も今じゃ、海産物屋の主におさまってるおかげで、女房子どもが居る。人並み以上に幸せだ。通りかかって野犬から助けたぐらいのことで、ここまでしてもらうのは、申しわけなくて気が休まらないんですよ。冷や汗もんです」

話し終えた富助はつるりと額を一撫でした。

それから富助は井本屋敏右衛門を讃《たた》える言葉をひたすら連ねた。堤や橋の修理をはじめとする、お上の事業に如何《いか》に大きな貢献を果たしているか、市中に多い迷子のための伝言板である、迷子石の寄贈をし続けている事実――。ただし、これらは巷間《こうかん》に伝えられていることばかりであったが――。

曰《いわ》く言い難い風味豊かな磯の香りが、店中に広がってアワビ飯が炊きあがった。

季蔵はアワビ飯が蒸れたところで、煮アワビの一切れを斜め切りにしてこれに加えた。

「アワビの量が少なめの時は、出汁で使った昆布を細切りにして加えても、そこそこ濃厚な磯の香りが楽しめますが、アワビの風味には敵いません。今回は煮アワビがたっぷりあるので、これだけにします」

季蔵はアワビ飯を飯碗《めしわん》に盛りつけて富助と三吉に勧めた。

「故郷で食べたのとは違うが、こっちの方がアワビの旨味が強い」

富助は感嘆し、三吉は、

「おいら、絶対、刺身よりこっちの方がアワビは美味いと思う」

いつになく、嚙みしめるようにアワビ飯を味わっている。

「故郷のアワビ飯は生のアワビを使い、潰して醬油と混ぜた胆も入っていたのでは？」

季蔵は富助に訊いてみずにはいられなかった。

「そうだった、そうだった。子どもだったんで、胆の少々苦い味付けが気になったんだ。それから、飯に入ってるアワビは柔らかいこともあったし、こりこりと硬かったり、旨味も強かったり、それほどでもなかったり、ばらばらだった」

富助はなつかしそうに思い出した。

「たぶん硬さや風味の違いはアワビの種類の違いでしょう。生を使うと刺身と同じなので、それぞれの違いが出るのですよ。その点、煮アワビにしてしまえば、どんなアワビでも、それほど大きな違いは出ず、どれも旨味たっぷりに仕上がるんです」

季蔵の言葉に、

「アワビって凄いっ！　優れものっ」

今度は三吉が感動の声を上げ、

「まさにアワビは井本屋敏右衛門さんのようだ。塩梅屋さん、俺は井本屋さんに食べてもらえる、極上の蒸しアワビや煮アワビを必ず仕上げます。それができたら、御礼代わりにあんたにも届けますよ、必ず」

富助は決意のほどを示した。

それから富助の足は塩梅屋から遠のいた。

――富助さんの拵える煮アワビが海産物屋の評判になればいい、その前に井本屋さんの舌を喜ばせていればもっといい――

季蔵は心密《ひそ》かに富助の商いの成功と、井本屋敏右衛門の口福を祈っていた。

「教わりたいことがあるんだけど」

いつものように、骨董飯と刺身の準備をして、昼時を待っていると三吉が訊いてきた。

「何だ？」

「何で昼餉がいつもこれなの？　富助さんと一緒に作った、煮アワビとアワビ飯の日があってもいいんじゃない？　あれ、味がしっかりしてて、すごく美味しいよ」

「理由の一つは煮アワビとアワビ飯では、どちらも使うのは煮アワビで醬油味なので、アワビ食いの楽しみが狭くなってしまうからだ。こりこりしたアワビを堪能したいお客さんも多い」

「だったら、アワビ飯と好みの刺身の組み合わせでもいいんじゃない？」

「骨董飯にはアワビへの敬いが込められていて尊いと先代は書き遺している。わたしもなるほどと思った」

四

「アワビへの敬い？」

三吉は首を大きくかしげた。

「太古からアワビは珍重されつつ食されてきた。お伊勢さん（伊勢神宮）の神事に使われ、広まった熨斗《のし》アワビがいい例だ。熨斗アワビは細く切ったアワビを乾燥させた物で、祝言等の祝い事に配られるようになったんだ。祝い事の水引《みずひき》の結び方にアワビ結び、アワビ返しがある。その他にも世の神社では、神事に使う白い皿の代わりに、アワビの貝殻が使われることがある。神事に限らず、アワビの殻を出入り口に吊《つる》すと、魔除《まよ》けになって疫病除け等に効果があると言われてきている。そこで、刻んだアワビを卵や椎茸《しいたけ》等と色どりよく合わせせる、五目飯の一種の骨董飯なんだが、これを先代のとっつぁんは、風味に優れて味わい深く、人とのつきあいも長い、高貴なアワビを使用する料理ならではの命名だったのではないかと書いてるんだ。そもそも、元祖骨董飯はアワビに、人参《にんじん》、干し椎茸、キクラゲが混ぜられていて、黄身がかった白、鴇《とき》色、茶色と骨董品を想《おも》わせる奥ゆかしい地味な色合いだ。それゆえ、とっつぁんは塩梅屋流で、アワビに卵の黄色、椎茸の茶色と、今風の互いに引き立つ色どりに変えてはみたものの、これをアワビ入りの五目飯とは呼ばず、骨董飯と呼び続けるべきだと言い切っている」

「骨董飯の話はなるほどと思ったけど、おいら、熨斗アワビなんてちらっと聞いたことあるだけで、味は知らない。美味しいの？」

「一つ、今年のアワビの豊漁にあやかって、試しに干しアワビと熨斗アワビを拵えてみようと思う。あそこのを持ってきてくれ」

季蔵に命じられた三吉は、この日の朝、届けられたばかりのマダカアワビが詰まっている大きな竹籠を土間の隅から運んできた。

「わあっ、おいら、こんな大きなアワビ見たことないっ」

歓声を上げた三吉は、竹籠の中から目立って大きいマダカアワビを摑《つか》んで、

「これ、三百匁《もんめ》（約一キロ）はありそうだよ」

ふーっと感嘆のため息をついた。

「知らなかったが、届けてくれた漁師さんの話では、マダカアワビの旬は秋口までなんだそうだ。だとすると、まだまだ煮炊きしていい味を出すアワビには事欠かず、きっと美味

い干しアワビや熨斗アワビが出来るぞ」

「そうだね、干しや熨斗を使ったアワビの料理も楽しみ――」

二人は気負い込んだ。

「おまえにアワビの下ごしらえを任せるぞ」

季蔵に託されて、

「合点、承知」

三吉は張り切った。

干しアワビと熨斗アワビ作りの工程は塩漬けにするところまでは同じである。

刺身に造るのと同様、粗塩を振りかけ、タワシを使ってごしごしとアワビの表面の汚れを充分に水で落とす。ただし、生で食べる刺身と違うので、

「エンガワをこすりすぎるなよ、ここは丁寧にそっと扱わないと、茹《ゆ》でる時になって裂けてしまって形が悪くなる」

季蔵は三吉に注意を怠らなかった。

この後、塩で身が硬く締まってから、へらを使って身を丁寧に殻から外す。

次に貝殻から身と肝を取り出して別にしておく。

口に包丁を入れて、くちばしと唾液腺《だえきせん》を取り除く。マダカアワビは三十個あった。

たっぷりの粗塩を用意し、これらを小さめの漬物樽《だる》で三日ほど塩漬けにする。

三日が過ぎて、店の暖簾《のれん》を下ろした後、樽を開けてみると、さらにまたマダカアワビの

身が締まっていた。

「こんなに小さくなっちゃうんだぁ」

大きさが八割ほどに縮んだマダカアワビを目にして、三吉は残念そうに呟《つぶや》いた。

ここで水洗いすると、白っぽい色のアワビの表面のマダラ模様が浮き上がって見える。

「わ、綺麗だ」

三吉がアワビに水を流す手は止まらず、

「洗いすぎるなよ」

ここでも季蔵は注意した。

洗いすぎるとせっかくの風味が落ちる恐れがあった。

「さて、ここから干しと熨斗に分かれるんだが、まずは干しからやってみよう」

季蔵は先を促した。

まずは湯を沸かす。

禁物は強くぐらぐらと湯を沸騰させすぎることで、これではアワビが硬くなり、裂けてしまうことさえある。特にエンガワは裂けやすい。

塩が入ってコトコト沸く程度がよく、四半刻《しはんとき》強（約四十分）くらい、ゆっくりと茹でる。

茹で上がったら、目笊《めざる》に上げて粗熱を取る。

「ああ、また、小さくなっちゃった。でも、ぷりぷりしててこのままでも美味しそう」

三吉は嘆きつつ、口の中に唾《つば》を溜めた。

「茹で上がりの大きさは生のほぼ半分強だな。ここで食べても美味しいものをさらに干すのだから、干しアワビは高値なわけだ」

季蔵の口からもため息が洩れた。

これらを筵《むしろ》の上に並べて、昼間は北風が強く陽《ひ》の光の強い場所に干して、夜は筵ごと家の中の風通しのいい土間に取りこむことにした。

「また、訊いてもいい？」

三吉は思い詰めた表情になった。

「何だ？」

「干しアワビって、長崎から異国へ売ってるんだったよね。沢山作るんだよね。だとしたら、こんな美味そうなもんを並べといたら、猫や犬が黙っちゃいないと思うんだけどな。もしかして、漁師町って猫や犬がいないのかな？」

「これは見たわけではないが、たぶん、猫や犬を寄せ付けないよう、番人を雇っているのではないかと思う」

季蔵は真顔で応えた。

「それって、おいらに番をしろってこと？」

「ここはわたしとおまえだけだから、そういうことになるかな。今の時季なら五日ほどで干し上がる。しばらく仕込みはわたしだけでやるから、おまえは見張りをつとめてくれ」

「わかった」

緊張した面持ちで頷いて、アワビの乗った筵をそっと持ち上げて、土間に置きに行った三吉に、

「これから熨斗を作る。おまえも熨斗アワビの作り方を見たいだろう？」

季蔵は声を掛けた。

「三十個あったマダカアワビの塩漬けは干しアワビに二十個使われ、あと十個残っている。熨斗の方はわたしがやってみよう」

包丁を手にした季蔵は、硬く締まっている塩漬けアワビをかつら剝きにしていく。ゆっくりゆっくり包丁の切っ先が動く。

「熨斗っていうからには、薄く薄く削ぎ取るように切るんだよね」

三吉はごくりと生唾を呑《の》み込んだ。食い意地からではなく、湧き上がってきた自負心ゆえだった。

当初、里芋の皮むき一つできなかった三吉も、今では大根等のかつら剝きが自在にできる。皮むきは大得意であった。

「おいらもやっていい？」

三吉は挑戦せずにはいられなかった。

「まあ、やってみろ」

三吉は塩漬けのアワビに包丁を入れようとして、

——ええっ——

思わず上がりそうになった悲痛な声を呑み込んだ。

——何？　これ？　まるで石だ。石を包丁で切ろうとしてるみたい——

季蔵の包丁の動きが遅いのは、アワビの身が硬すぎるからで、これを薄く削いで紐のように切るのは至難の技だとわかった。

それでも何とか、左手に取ったアワビをまわして、どう見ても分厚く剝き続けていると、どうしても、隣りで同じように剝いていながら、そこそこの薄さを保っている季蔵の仕事が気になった。

——駄目だ、おいら——

思わず、涙が目に沁《し》みて、ぼうっと包丁とアワビが霞《かす》みかけたところで、

「伊勢神宮の料理番は、のしがまという鎌《かま》を巧みに使って、考えられないほどの技で薄く削り取ると、とっつぁんは書いていたが、一膳飯屋の塩梅《うち》屋はそこまででなくてもいい。とにかく、指を切らないようにしろよ。指は料理人の命だからな」

季蔵は言葉をかけた。

こうして、塩アワビが紐状に剝き上がったところで、三吉が裏庭を見張って、しばらくの間、干して軽く水を飛ばした。

「この後はいよいよ熨斗だぞ」

季蔵が納戸からおよそ一尺（約三十センチ）ほどの青竹を持ち出してきた。

「へえ、いつの間に用意したの？」

「とっつぁんは青竹がなくて、当たり棒で間に合わせようとして、今一つ、上手くできなかったと書いていた。ここが熨斗アワビ作りの最大の難所のようだ」

その通りで、紐状の塩漬けアワビはやはり硬いまま、なかなか平たく伸びてはくれず、二人は交替で各々の身体《からだ》の重みを青竹に託し続けた。

熨斗らしくなったところで、干しアワビ同様、筵に広げて並べた。

あたりが白んできて、ゆっくりと秋の朝が明けようとしている。

「とうとう、夜通し働かせてしまったな、すまなかった。しかし、今日は晴れそうでよかった。おかげでこれでやっと干しや熨斗アワビを本干しできる」

季蔵は微笑みつつ労《ねぎら》い、

「おいら、絶対、猫や犬は近づけさせないよ。こんなに苦労して作ったんだもん、あいつらに横取りされてなるもんか」

三吉は口を真一文字に結んで力んだ。

五

秋晴れが続くこの翌日、

「邪魔するよ」

ちょうど昼餉の客足が途絶えた頃、岡っ引きの松次《まつじ》が塩梅屋の暖簾を潜《くぐ》り抜けてきた。

松次の後ろから、定町廻《じょうまちまわ》り同心の田端宗太郎《たばたそうたろう》が、長身痩軀《そうく》を折り畳むようにして入ってくる。

「ああ、ちょうどいいところに」

季蔵は田端に笑顔を向けた。田端は無類の酒好きで茶の代わりに酒を飲み、茶菓子はもちろんのこと、菜の類はほとんど口にしない。

「はい、お待ち」

三吉が素早く、床几《しょうぎ》に座った田端の前に冷や酒を、隣りの松次には、甘酒を注《つ》いだ湯呑みを置いた。早速田端は無言でぐいと飲み干し、三吉は代わりを急いだ。

ずずっと甘酒を一啜《ひとすす》りした下戸《げこ》の松次は、

「いいね、このところ、昼間は暑いくらいだが、朝夕、すーっと身体が冷える。これからしばらくは甘酒日和だよ」

金壺眼《かなつぼまなこ》を細めた。

「お腹《なか》はお空きではありませんか？」

季蔵は松次に訊いた。

「まあ、ちょいとね」

食通の松次は下腹を大袈裟《おおげさ》にさすって、

「ここのアワビ昼餉のことを聞いてからというもの、飯は食ったばかりだってえのに、腹の虫がうるさく騒いでなんねえんだよ」

片目をつぶって見せた。

「まだ、親分はアワビ昼餉を召し上がっておられませんでしたね」

季蔵は松次をアワビ昼餉の骨董飯と刺身でもてなした後、アワビの胆料理を勧めた。干しアワビと熨斗アワビを拵えた際に残った胆で、幾つかの料理を試みていたのである。

「まずは胆のたたきから」

これはアワビの肝をブツ切りにして、熱湯でさっとさらし、上皮だけに火が通り、中身はまだ生という状態、つまり半熟に仕上げ、柚子《ゆず》をたっぷりと搾《しぼ》って食する。

「胆の苦味が旨味に変わっててなかなかいける」

松次はうっとりとした表情になり、

「旦那にはこちらの方がよろしいかもしれません。お酒が進むはずです」

季蔵は生の胆に柚子を搾りかけただけの胆の柚子酢を田端に勧めた。

珍しく箸を取って伸ばした田端は、

「ん」

早速、また三吉に冷や酒を注がせた。

骨董飯を三膳《ぜん》ほど平らげた松次が、

「季蔵さん、今日は何も訊いて来ないんだね」

一度箸を置いてふふっと笑った。

松次と田端はたいてい、朝からのお役目を終えた昼過ぎに塩梅屋を訪れる。

そのせいで、難しい事件に出くわして、長く決着がついていない折などは、二人とも疲れ切って、精魂尽き果てた様子であった。

見かねた季蔵がつい詮索《せんさく》して助言し、事件解決に結びついたのが始まりで、以来、二人は季蔵の声掛けを待っているようなふしもある。季蔵は、時に事件の起きた所に呼びつけられることまであった。

「市中で何かおありでしたか？」

二人は多少困惑して憂鬱《ゆううつ》そうでもあったが、季蔵が案じるほど憔悴《しょうすい》しきっているようには見えなかった。

「大人の迷子だよ、神隠しさ」

松次は惜しみ惜しみ楽しんでいる、クロアワビの刺身に箸を伸ばした。

季蔵は刺身にも一案を施している。やはり、アワビはコリコリと硬いのが一番だが、刺身のように切られた硬い身を、弱った歯で食い千切るのは大変だという、年配の客の声に応えてのことであった。名付けて水アワビ。

まずはアワビを親指の先ほどの大きさに切り揃え、ギヤマンの容器に盛り、冷たい井戸水に塩を加えた、薄い塩水を注ぐ。

次に、アワビの胆をすりつぶし、少量の塩と共に練る。とろみがつけばツケダレとして、冷やしておいた小皿にのせてアワビと共に供する。

「いいねえ、アワビの大きさ、切り方といい、胆ダレの美味さといい――」

一箸ごとに松次はため息をつき、

「わしも貰おう」

これには田端も興味を示した。

市中の話はそれで仕舞いかと思われたが、

「小田原町の海産物屋の主、富助と知り合いではないか？」

田端は自分のために水アワビを拵えている季蔵に訊いた。

「よく知っております」

思わず季蔵は手を止めた。

どうしているだろうかと気になっていたからである。

「富助さんが何か？」

何やら不吉な予感がした。

「いなくなっちまったのはその富助なんだよ」

松次が告げた。

「ええっ？」

季蔵は耳を疑った。

「富助さんは蒸しアワビや煮アワビを売って、商いに勢いをつけるんだと張り切っていたんです。いなくなるなんて――そんなはずありません」

言い切った季蔵に、

「おまえさんとこに押しかけて、蒸しアワビや煮アワビの作り方を聞いたってえ話は、毎日のように亭主を探してくれって、乳飲み子を背負ってやってくる女房のお笛《ふえ》がよくよく話してるよ。これからって時にいなくなるわけないってね。けどなあ、つくづく女房子どもに嫌気がさして、ふっとどっかへ行っちまう男は、この市中に掃《は》いて捨てるほどいる御時世なんだ、ここに押しかけたのが、自分から行方を晦《くら》ましたんじゃないってえ証《あかし》にはなんねえよ。好いた女と手に手を取って江戸から離れ、アワビのよく獲れる江《え》ノ島《しま》あたりで、店でも構えるつもりだったのかもしんねえしな。そう考えると何とも気の毒なのは、手のかかる赤ん坊と一緒に残された女房だ。こいつが、また露ほども亭主を疑っちゃいねえんだ。始終、探してくれと言ってこられるのは勘弁してほしいんだが、女がいるんじゃねえかなんて話は可哀想《かわいそう》でできねえ、正直、気が滅入るよ」

松次は苦い顔を向けた。

「富助さんは駕籠が野犬に取り囲まれたあの大商人、井本屋敏右衛門さんを助けたのが縁で、同郷のよしみもあり、礼代わりに今の海産物屋を贈られたのだそうです。ただし、あまりに額が大きすぎるので、富助さんは少しずつでもいいから、海産物屋の買い取りにかかった金を返したいと言っていました。それで品揃えに目先を変えて、蒸しアワビや煮アワビを拵えて売ろうとしていたんです。こんな大きな目的のある人が、お内儀以外の女に目を移したり、今の商いを捨てたりするとは到底思えません。お内儀が案じる通り、きっと富助さんの身に何かあったのです」

季蔵はさらに語調を強めた。

「そりゃあ、初耳だ。お笛はそんな話、しちゃいなかったぜ」

松次のやや突き出た両耳がぴくりと動いた。

「お笛は富助は家からびた一文持ち出していないと言っていた。財布には小銭しか持ち合わせていないはずだから、突然、自分は誰なのか、今までのことが全てわからなくなって、どこかで立ち往生しているのではないかと案じていたのだ。今までわしはこれにも一理あると思っていた。だが、井本屋敏右衛門に恩を売っていたとなると話は別だ。命を助けておいて、海産物屋一軒はそう高い謝礼ではない。ありがちな亭主の神隠しで松次の言う通り、ここで蒸しアワビや煮アワビを習ったのは、ただ女房を謀《たばか》るためだけの念の入った小細工にすぎず、富助は井本屋から無心した金で市中を出て、今はもう、前とは違う別の暮らしをしているのではないか？　まず、間違いない」

田端は言い放ち、季蔵が拵えた水アワビを音を立てて嚙んだ。

——たしかに一理も二理もあるな——

さすがの季蔵も言葉を返せず、

——人というのは知り合ってわかっているつもりが、距離を置いてみるとこうも違ってきてしまうとは——。そして、距離を置いて見たその人となりの方が、的を射ているとなると、これはもうたまらない——

ただただ気持ちが沈んだ。

二人が立ち去った後、季蔵はアワビの胆入りの塩辛を拵えてみることにした。まだ少し胆が残っていたからである。気分が落ち込んだ時は料理をするに限ると心得ている。

「魚屋で烏賊を買ってきてくれ」

使いに出した三吉が帰ってくると、

「この塩辛は寝かせず、届けた方々にすぐに食べて貰うものだから、納戸で塩辛を入れる、口幅の広い小さな壺《つぼ》を十個ほど探してきてほしい」

離れへ行かせた。

「似たような小さな壺がよくこんなに沢山あるよね」

感心しながら、三吉は壺を並べた。

「美味い塩辛や佃煮《つくだに》ができると、お馴染みさんやご近所さんにお裾《すそ》分《わ》けしようと、とっつあんが集めていたんだ」

そう応えた季蔵も瀬戸物屋で足を止めて、使った分を買い足すのを怠らないようにしている。

「いいねっ、ちょっとした気遣い、美味しいものっ」

何気なく呟いた三吉の言葉に、

「その通りだ、その通りだ」

季蔵は曇っていた心が晴れるのを感じた。

――何があろうと、わたしは井本屋さんの謝礼にただただ恐縮して敬い、家族への想いが強かった富助さんの人となりを信じたい――

アワビの胆入りの塩辛が作られた。

「これはまたの名を、活きアワビの胆入りの烏賊の黒造りともいう」

新鮮な烏賊から墨を取り出し、この烏賊墨とアワビの肝を当たり鉢でよく当たり、酒、塩を加え、味を調える。

この格別な烏賊墨ダレに細切りにした烏賊の身をよく馴染ませて仕上げる。

夕刻近くになって、壺に詰める前に試食した三吉が、

「あっ、烏賊の身がアワビの味っぽくなってる。安い烏賊が高いアワビ味!! 凄い思いつきだよね、これっ、さすが季蔵さん」

しきりに感心すると、

「残念ながら、これはとっつぁんから直に習った。とっつぁんは加賀《かが》のお侍が立ち寄った時に教わったそうだ。またの名をイカアワビとも言うそうだ」

季蔵が種明かしをした。

六

それから何日か過ぎて、

「季蔵さん、塩梅屋さん」

季蔵は長屋の油障子を叩《たた》く音で目を覚ました。夜は明けかけているが、秋特有の夜気のひやりとした冷たさが残っている。

飛び起きた季蔵が戸口を開けると、

「松次親分がすぐに百本杭《ひやっぽんぐい》まで来てほしいって。何でも富助って人の骸《むくろ》が見つかったって
ことでさ」

下っ引きが告げた。

――やはり――

季蔵は素早く身支度を済ませると、下っ引きと一緒に両国橋北側の通称百本杭へと向かった。

川辺では松次が富助の変わり果てた姿を見下ろしていた。

「早くに呼び出してすまねえな。あんた、この男の話をしてた時、ムキになってたろ。それでこうなって見つかった以上、報《しら》せなきゃなんねえって思ったんだよ」

「ありがとうございます」

「見ての通り、首を絞められて殺されてる。その後、大川に放《ほう》りこまれてここへ流れついたんだろう」

松次は首が絞められた赤い痕《あと》を指差した。

骸に向かって手を合わせてから、屈み込んだ季蔵は骸の両手を仔細《しさい》に見た。

「爪《つめ》の間が綺麗で抗《あらが》った痕がありません」

絞殺の場合、殺された者は、その刹那《せつな》、何とか逃れようともがきながら両手を使い、下手人の手や顔に爪を立てて、相手の肉片が残っているのが普通であった。

「この図体の富助がやられっぱなしだったたって？　そいつは、またおかしな話だな」

　棒手振りだった身幅のある富助は、巨漢とまではいかないが、なかなか立派な身体つきをしている。

「でも、そういうことになるんです」

　季蔵は自分の後に駆け付けてきた田端に向かって念を押した。

　――何とも奇妙な殺され方だ――

「前もって、何かを飲まされたり、嗅《か》がされたりしたのかもしれぬな。こればかりは、医者を呼んで、くわしく調べてみぬとわからぬ。急ぎ骸を番屋へ運べ」

　田端が口を開き、富助の骸は戸板に載せられて一足先に番屋へと運ばれて行く。

「行くぜ」

　松次が季蔵を促した。季蔵が番屋での医者の調べに立ち会うと、すでに決めている物言いであった。季蔵には医者とはまた異なった視点から骸の様子を仔細に見据えて、下手人へと行き着く手掛かりを摑む、特異な才があったからである。

　呼ばれてきた年寄りの医者は、銀の匙《さじ》を骸の口に押し入れて色の変化を確かめると、

「黒くなりませんので毒ではありますまい。ただし、口を開けたとたん、ぷんと匂いました。酒ですな。酒を飲まされて首を絞められたのでしょう」

　淡々とした物言いで役目を果たして帰って行った。

「ということで、両手の爪が綺麗だった理由がこれでわかった。何か、異論はあるか？」

田端はじっと季蔵を見つめた。

それには応えず、季蔵は富助の懐を探った。

「何と財布があります」

皮財布は濡《ぬ》れていて多少湿ってはいたが、中には小判二枚と、ほんの少し色づき始めた紅葉《もみじ》の葉が何枚か入っていた。

「下手人は物盗りではないようです」

季蔵の言葉に、

「酒を飲ませて殺《や》ったんだから、こりゃあ当然、知り合いだよな」

松次が大きく頷き、

「たしか、女房のお笛は、亭主は小銭しか財布に入れていなかったと言っていたはずだ」

田端は両腕を組み合わせて首をかしげると、

「話が違いすぎる、今すぐ、お笛をここに連れて来るように」

大声を上げた。

松次が下っ引きに命じて一刻ほどして、赤子を連れたお笛が腰高障子を開けた。

「あんた――」

お笛は赤子を背負ったまま、富助の骸にすがりついてよよと泣き、赤子は唯《ただ》ならぬ母親の動揺を察知してわあわあと大声で泣き始めた。これが四半刻ほども続いたが、田端は文句を言わなかった。

やっと泣き止《や》んだお笛が赤子をあやして乳をやり、眠らせたところで、松次が話の違いを糺《ただ》すと、

「嘘をついて申しわけございませんでした」

相手は深々と頭《こうべ》を垂れた。

「二両もの金を持ち出していたともなれば、女房たるもの、察しがつきすぎて、あえて黙っていたのだな。その話をすれば、我らがよくある男の神隠しと見なして、探さずに済ませると思ったのだろう。たとえ裏切られても、赤子のためにも戻って貰いたい女心ゆえであろう？」

田端が常にはあまり見せない穏やかな優しさを示した。

「手文庫から二両が消えていることに気がついていながら、申し上げなかったのはおっしゃる通りですが、うちの人に女がいるなんてことは、今でも露ほども信じちゃいません。あの男《ひと》はあたしと坊やだけを想ってくれてたはずです」

お笛は眠っている赤子を背負った背中を精一杯伸ばして胸を張った。

「あんたの亭主想いはよくよくわかってるよ。でも、まあまあ、そうそう意地を通しなさんな。亭主が一緒だった女の手にかかったとしたら、あんただって下手人を探し出して、仇を取りたいだろうが——。亭主に女ができると、必ず、女房はその宿敵の気配を感じるもんだ。あんたには心当たりがあるはずだよ」

松次はやんわりと責めている。

「ありゃしません」

お笛は頑として認めなかった。それでとうとう松次は、

「悪いがあんたのとこの店構えじゃ、吉原は高値の花だ。どこの岡場所の女なんだ？　それとも、料理屋で働く別嬪《べっぴん》の仲居とかの素人女かね？」

慌ただしく畳みかけた。

お笛は無言で首だけを激しく横に振った。

困惑が極まった田端と松次は咄嗟《とっさ》に季蔵を見た。

——どうやら、そろそろ、助っ人として口を開いてもよさそうだ——

「ついこの間、御亭主と蒸しアワビや煮アワビ作りで、袖をすりあったばかりの塩梅屋季蔵です」

季蔵はお笛に挨拶《あいさつ》をした後、

「普段は小銭しか持たない御亭主が、どうして、その日に限って、二両もの大金を持ち合わせていたのか、お内儀さんは見当がつきますか？」

淡々とした口調で訊いた。

「そりゃあ、訊くまでもないことだろうがよ。いつもは冴《さ》えてるあんたらしくもない——」

がっかりした面持ちで季蔵を詰《なじ》った松次を、

「まあ、次を聞こう」

田端が諫めた。

「答えは一緒に逃げたとされている、相手の女に限らなくていいですから、応えてほしいのです」

季蔵はお笛を静かに見つめた。

するとお笛は怖い夢でも見たのか、うーんと唸《うな》って寝言を洩らした赤子の尻《しり》を、後ろ手でとんとんと叩いて、

「いい子、いい子、ねんねんねん」

眠りを妨げないようにあやしながら、

「うちの人はあたしの欲しがっていたものを買いに出たんだと思います。間違いありません」

きっぱりと言い切った。

「その欲しがっていたものとは？」

田端は身を乗り出した。

「うちの人は塩梅屋さんに押しかけて、蒸しアワビや煮アワビの作り方を習い、店で売るんだと張り切っていました。習ってきた料理をうちでも試してて、あたしも手伝ったんです。ああ、でも、どうしてあんなことを言ってしまったのか——こうなるとわかっていたら、決して、口になぞしなかったものを。あたしが馬鹿でした」

お笛は自分が泣けば、必ず目を覚ましてしまう赤子のために、必死で涙を堪え、震える

小さな声で話を続けた。

「あたしの故郷は紀州なんです。うちの人の故郷と同じくらい、あたしの故郷でもアワビがもてはやされてました。特に鮑玉《あわびだま》と言われてる、アワビの中から出てくる白くて七色に輝くふっくらと丸い玉が——。それでふっと思いついてその話をしてしまったんです。特に稀《まれ》にしか獲れない極上質の鮑玉は、大きくて夜の花火みたいに光るんだそうで、夜光の玉って呼ばれてました。ずっとあこがれてて——」

お笛は声を詰まらせて一度言葉を切った。

「見たことはあるのですか？」

季蔵の問い掛けに、

「まさか。アワビから夜光の玉が出たら、お城のお殿様に献上すると決まっていますので、貝からそれを外す役目の漁師だけが目にしていいことになってました」

うつむいたお笛はぼそぼそと応えた。

七

鮑玉は古くから小粒のものは、解熱剤や霊験あらたかな眼疾薬として用いられてきて、これだけでも充分貴重なのだが、ごく稀にしか獲れない大粒は宝飾品として尊ばれていた。アワビは大きな貝である分、鮑玉の大粒は肥前は大村《おおむら》藩のアコヤガイ真珠の大粒より遥《はる》かに大きく、気が遠くなるような価値があった。

「子どもの頃は分別がなくて、欲しい欲しいと駄々をこね、〝そんな大それたことを家の外で言ってはいけないよ。お役人の耳にでも入ったら、おまえもわしらも首が飛ぶ〟って、漁師の父を困らせたことなぞも――。するとうちの人、〝江戸のここでなら、もしかしたら、おまえのために、一粒ぐらいならもとめてやれるかもしれない、この先、家宝にもなるし、是非、そうしよう〟って言ったんです。その時の顔、笑ってたんで冗談だと思ってました。それなのに――あたしが悪いんです、あたしさえ、ねだるようなこと言わなければ――」

堪えることができなくなったお笛は肩を大きく震わせて再び泣き声を上げ、すぐに目を覚ました赤子がそれに追従した。

しばらく悲しみの時がまた続いて、やっときりがついた。

両袖で涙を拭《ぬぐ》ったお笛は、赤子の世話を済ませて大人しくさせた後、早く弔って供養をしてやりたいので、一刻も早く亭主の骸を家に帰してほしいと、何度も頭を下げて頼む一方、

「それだけはどうか、先にお返しください」

濡れそぼってはいるが、皮財布の中にあったのが幸いして、形を留めている重なり合った紅葉の葉に目を止めていた。

「うちの人と二人で毎日坊やの寝顔を見てたんです。あの人ったら、〝元気で早く育ってほしいけれど、こいつらはこのままの方がいいな〟って。こいつらって、紅葉みたいに可

愛い坊やの小さな手のことなんですよ。〝春は桜、夏も冬もなくて、秋は紅葉〟っていうのが口癖で、とりわけ紅葉が好きだったんですよ。うちの人、今年の秋は親子三人で紅葉狩りに行こうって約束もしてました」

「ならばよかろう」

田端が許すと、

「ありがとうございます。何よりの形見になります」

お笛は紅葉を手巾で包み胸元に入《くる》れると、何度も頭を下げて番屋を出て行った。

番屋の湿った空気を吹き飛ばすかのように、

「あの様子を見てると、お笛が何かしたとは思い難い。だが、富助が何も抗いもせずに首を絞められて息絶えたのは事実だ」

田端が声を上げた。

「それじゃ、旦那は女ができて逃げようとしていた亭主の富助を、女房のお笛が追いかけて、絞め殺したかもしんねえっていうんですね。他の女と逃げようとしてたところを見つかったんですから、もう、万事休す、こういう時、意外に弱いのが男でさ、女房が鬼に見えてなすがままってことになったのかも――」

松次はなるほどと頷いて、

「たしかに富助絡みの女は敵娼《あいかた》だけじゃあ、ありません。さすが旦那、ご明察です」

世辞や追従ではない証拠に真顔である。

「しかし、仮にそうだとしても、相手の女の正体は知れぬままだ」

「おおかたお笛に追いつかれて、逃げ出したんでしょうよ。その女は井本屋敏右衛門から相当の路銀をせしめてたとしたら、富助の財布の二両ぽっち、めじゃあなかったはずですぜ。どうです？　旦那、市中で金使いの荒い女を探してみちゃあ——。女はたいてい着物や帯、簪《かんざし》なんかの身を飾るもんに大金を落とすでしょ？　呉服屋やかざり職をしらみ潰しに当たりゃぁ、何か出てくるかもしれやせん」

松次は張り切ろうとしたが、

「気の長い話すぎる」

田端は仏頂面で呉服屋等を調べろとは命じなかった。

「財布に入ってた紅葉なのですが」

季蔵は切り出した。

「お内儀のお笛さんを裏切っていたのなら、紅葉を摘む気持ちになるとは思えません」

「でも、まあ、お笛が言ってた通り、根っからの紅葉好きなら、まだ市中でそうは色づいていない紅葉をそばで見て、摘みたくなったっておかしかねえよ」

——お内儀さんも含めて、少しも抗わせずに富助さんを殺した下手人は、どうしても女になるのだな——

心の中で首をかしげた季蔵は、

「ところであの薄い色づきの紅葉、どのあたりにあるんでしょうね？」

田端を正面から見つめた。

「なるほど」

季蔵の意図に気づいた田端は、

「どこだ?」

松次に今頃の紅葉の名所を訊いた。

「紅葉も種類によって、少しずつ、色づく時季が違うんですが、早紅葉の今頃は向島《むこうじま》の秋《あき》葉《ば》権現と目《め》黒《ぐろ》の明王院《みょうおういん》ですかね。そうは多くないんでさ」

「向島や目黒には紅葉狩りの客を当て込んだ料理屋がある。今からすぐに絵師を呼び、骸の顔を生きている時のものに直して描かせ、それを向島と目黒の料理屋の者に急ぎ見せるんだ。富助の顔を覚えている者が出てくるかもしれない。それから、連れの女の顔も明らかになるかもしれぬ」

田端に命じられた松次は、

「へい、只今《ただいま》」

まずは下っ引きを奉行所付きの絵師の元へと走らせた。

二日ほど過ぎて、八ツ刻(午後二時頃)に一人で塩梅屋を訪れた松次は、いつになく無言で入ってきて、三吉が差し出す湯呑みの甘酒を三杯立て続けに呷《あお》り、

「あれはどうなりましたか?」

季蔵が訊くまで押し黙っていた。

「まあこれだよ」

松次は骸の顔から直した富助の顔が描かれた絵を見せてくれた。

「よく似ています。生業《なりわい》とはいえ絵師はたいしたものですね」

季蔵は感嘆した。

「向島の紅葉茶屋でたしかにこの顔を見たと、女将《おかみ》さんが覚えていてくれた。富助の骸に残っていた酒はここでもてなされたものだったのさ」

「連れの方は？」

やはり、訊かずにはいられなかった。

「そいつはこれだよ。女将さんだけじゃなく、仲居たちまでもよーく覚えてたんで、すらすらっと絵師の筆が動いたんだ」

「これですか？」

季蔵は描かれている姿形を見てぎょっとした。

「ずいぶん派手な菊模様ですね、帯の模様は鳳凰《ほうおう》のようです」

時季の江戸菊が白、黄、紫、赤等、自由奔放に裾《すそ》を飾っている。

「帯は金糸銀糸だったと仲居たちが折り紙つけてた」

「これは途方もなく高価なはずです。ですが――」

頭はすっぽりと紫色の頭巾《ずきん》で隠されている。

「お二人が言い当てていたように女には違いありません」

季蔵はある種の違和感を抱いた。

「身分のあるお方と見受けられますが――」

「どう見ても、富助と逃げようとしてた女には見えねえだろう？」

「ええ」

「こんな贅沢なものは千代田のお城の大奥としか考えられねえ。このままだと、富助は寺参りに市中へと出る大奥のお局様にでも、見込まれたんじゃねえかってことになりそうだ」

「大奥の方々は役者のような男がお好みとの噂《うわさ》ですが」

「俺も聞いたことがある。でも、まあ大奥にはたくさんの御殿女中がいるんだから、中にはああいう奴がいいって思う、女中もいておかしくはねえだろうってことに落ち着いた。それに富助は井本屋の他にも、大奥のお方を助けていたのかもしんねえ。ほら、人助けをする奴は、神様のお指図なのか、何度でも助けるって、よくいうだろ？　そもそもの縁はそれが始まりでもさ、所詮は男と女、きっと人目を憚《はばか》る異なものになっちまったんだろうさ――」

松次は少々、羨《うらや》ましそうな表情になった。

「相手が大奥となると、このまま詮議はなしですか？」

将軍の世継ぎを胎児の頃から育み育《はぐく》てる大奥は、老中たちといえども立ち入ることのむずかしい男子禁制の場所であり、町奉行所の詮議など及ぶはずもなかった。

「まあ、そうなるだろうな」

「すると、富助さん殺しの調べは打ち切りになるのですね」

「それがそうでもなくてさ」

　松次は声を低めた。

「まさか――」

「そのまさかなんだよ。田端の旦那は上から、女房のお笛を厳しく詮議しろと言われてるんだよ。明日には俺がお笛をしょっ引くことになってる」

「そんな――。富助さんは誠実で気性のまっすぐな人です。富助さんが大奥の女人を助けて知り合っていたとしたら、是非、お礼をと望まれて、お笛さんを喜ばすために、二両で鮑玉を譲ってもらうことにしていたのかもしれませんよ。大奥の方々なら、わたしたちとは無縁な鮑玉を持たれていても不思議はありません。おそらく向こうは贈ろうとしたのでしょうが、そこは富助さん、只では貰わず、都合のつく額で譲ってもらうことにしたのではは？　いかにもあの富助さんらしいじゃないですか。そう考えると、会ったのは逢《あ》い引《び》きなどではなく、その受け渡しが目的だったのでは？」

「あんたの考えには一理はある。ほんとはそうかもしんねえ。だが、何がどうあったって、俺たちにゃ、大奥は突っつけないんだよ。向こう様だって、町人相手に茶屋酒飲んでたなんてことがわかったら、てえへんなことになるんだろうから――」

　この日松次は甘酒だけを自棄《やけ》のように飲み続けて、飯や菜には箸を付けなかった。

第二話　萩豆腐《とうふ》

一

――あの女にさえ会うことができれば――

季蔵《としぞう》は眠れぬ夜を送っていた。

――松次《まつじ》親分の言う通り、井本屋《いもとや》さん同様、富助《とみすけ》さんが助けた相手なら、下手人はあの女ではあり得ないが、殺された時に居合わせているかもしれず、何かきっと手掛かりを知っているのでは？――

部屋に灯《あか》りを点《つ》けたのは、

「こんなもん、もう何の役にも立ちゃしねえよ。後で捨ててくんな」

吐き捨てるように言って松次が置いて行った、富助と一緒に紅葉《もみじ》茶屋に現れた女の絵姿をもう一度見るためであった。

――絵姿一枚の手掛かりでもないよりはましだ――

季蔵は絵姿を行灯《あんどん》に近づけた。頭巾《ずきん》から見えている目鼻口を穴の開くほど凝視する。

——何かがおかしい——

違和感があった。それが身につけている派手な着物や帯と、垂れ気味の目と口であることに気がつくのにしばらく間がかかった。

——これは相当、年配の女の顔だ。ほうれい線が描かれていないのは分厚く塗った白粉《おしろい》で隠しているからだろう。富助さんと一緒だったのは大奥に君臨しているという、大奥老女だったのか？　だとしたら、少しの失敗も許されぬ立場ゆえ、どのような形《なり》であれ、富助さんと縁を続けるのは懸念したことだろう。礼を小判に代えてすっぱり縁を切るつもりが、鮑玉《あわびだま》などと言い出され、富助さんの心の底を怪しんで先々が案じられ、一思いに消し去ろうとしたのでは？——

季蔵はさらにまじまじと絵姿を見つめ続けて、

「ええっ？」

思わず大声を上げた。

着ている着物の合わせ方が間違っていたのだった。右前であるべきなのが、左前になっている。これは死者の仕様であった。

——何故《なぜ》？　何か意味があるのか？　それに、この年配の頭巾の女は豪奢《ごうしゃ》な着物に埋もれて生きてきたかのような大奥の御殿女中ではあり得ない——

季蔵は紙にあることをしたためると、素早く身支度し、長い夜を歩いて松次の家へと向かった。

お笛に縄を掛ける成り行きに合点がいかない松次もまた、眠れずにいた。

深夜に季蔵が突然、訪れてきてもそうは驚かず、

「いつも馳走《ちそう》になってばかりだから、たまには茹《ゆ》でたての栗《くり》を食わせてやるよ。俺が栗に目がないと知ってる娘が、何日か前にどっさり送ってきてくれたんだ。とっくに準備はできてる」

火が熾《お》きている竈《かまど》に栗の入った鍋《なべ》をかけた。

栗は水に半日程度浸しておいて、虫を追い出す。この下ごしらえが済んだら、水を替えて塩一つまみを入れ、水が沸騰するまでは中火、後は弱火で計半刻（約一時間）ほど茹でるのである。

「実はこれなんですが――」

季蔵は頭巾の女について気がついた話をした。

「ふーん」

松次の金壺眼《かなつぼまなこ》がきらっと光った。

「絵師が間違って左前に描《か》いてしまったなんてことはありませんか？」

「ないよ。ちゃんとこっちが選んでそれなりの腕の奴が描いてるんだ、ありっこない。だが左前に描いたってことぐらい、知らせてくれてもよさそうなもんだがな。紅葉茶屋の女将《おかみ》や仲居が妙だと思って、気がついてそう伝えたんだろうからさ。女はね、身繕いのことになると見間違ったりは絶対しねえもんなんだ。ところであんたは、もうとっくにこち

とらが思いつかないことまで、考えついてるんだろ？　早く聞かせてくれや」

「わたしはその頭巾の女は年配の男だと思います。年配だという証《あかし》は――」

季蔵は目と口の下がり具合を指摘した。

「それに――」

季蔵は頭巾の端のめくれているところを指差した。心持ち、喉《のど》の中心部分がぽこっと盛り上がっているように見える。

「ちょいと待てや」

松次は箪笥《たんす》から眼鏡を取り出して掛けると、

「ぱっと見た時、そう若いとは思わなかったが、ここまでとはな。それに喉仏もでているみたいだし、たしかに白粉で誤魔化した爺《じい》さんの顔だ。これからはこいつを肌身離さずに持ち歩くとするか」

外した眼鏡を懐に入れた。

「頭巾の女が年配の男で大奥とは関《かか》わりがないとわかった以上、奉行所は探すことができるはずです。お願いです、何とかして、この女に化けた男を早急に探してください。そうしなければ、お笛さんが乳飲み子と引き離されて縄を打たれてしまうのでしょう？」

季蔵は拝むように松次を見た。

「そう言ったって、〝大奥老女に化けた年配の男〟だなんてことだけじゃ、この広い八百八町を探せやしねえぜ。相手はとっくに元の格好に戻っちまってんだろうから。あんた、まだ、俺に言ってねえことがあるんじゃないのかい？　たとえば、化けた奴の正体に心当たりがあるとかさ」

「なくはありません。そして、その人しか下手人は考えられません」

「じゃあ、教えてくれよ」

「けれども、どうして、富助さんを殺さなければならなかったのか、その理由に皆目見当がつかないのです」

そこで季蔵はある人物の名を口にした。

「馬鹿言っちゃいけねえよ、あんた、自分が何言ってるのか、わかってんのか？　誰の名を口にしてんのか？」

金壺眼を飛び出させた後、憤怒の面持ちとなった松次だったが、

「金銀だけではなしに、鮑玉等の珍しいお宝まで関わってくるとなると、そうとしか考えられないんです」

季蔵の冷静な説明を聞くと、

「それはそうだ、うーん」

頭を抱えてしまった。

そうこうしている間に栗が茹で上がり、季蔵は鍋を火から外した。

「鍋に入れたまま冷めるまで待ちなよ。こうしとくと、栗がしっとりして、塩味がほどよく染みこんで甘さが引き立つんだ」

季蔵に指示した松次は、

「いけねえ、素人じゃぁねえあんたがこんなこと知らねえわけもないよな。あんまり驚いたんでどうかなっちまった」

がつんと拳《こぶし》で自分の頭を叩《たた》いた。

ほどなく、茹で栗は鍋から取り出せるほどに冷めて、季蔵は俎板《まないた》の上で縦半分に切った茹で栗を木匙《きさじ》と共に松次に手渡した。

「いただきます」

季蔵も木匙を使った。

「ここまでわかってきた以上、何とかしねえといけねえな。だがねえ、こりゃあ、大奥と同じくれえ、てえへんな相手だぞ」

松次の木匙は止まったままだが、

「そうでしょうね」

季蔵の方はそうでもない。

「あるのかい？　これという策が？」

松次はじっと季蔵の表情を窺《うかが》った。

「わたしが松次親分や田端《たばた》様に、指図する立場でないことはよくよくわかっています」

季蔵はすぐには応《こた》えなかった。

——話した以上は必ず乗ってくれなければ困る——

「それはもういいからさ、策があったら言ってくれ。俺だって、内心は田端の旦那《だんな》だって、お笛を取り調べるのは気が進まねえんだよ。だから、そいつに罪を認めさせる策があったら絶対乗る。普通は大奥と関わりがありそうだってわかったとこで、詮議《せんぎ》は打ち切りになるはずなのに、上は〝まだ続けろ、疑いのあるお笛に白状させろ〟だろ？　これじゃ、まるで、誰かに罪を着せるために、お上を操ろうとする邪《よこしま》な力が働いてるみたいだって、田端の旦那は頭に来てたしね。旦那の頭は俺と違って冴《さ》えてるから、〝この成り行きで、ほんとに大奥が関わってるんだろうか？〟って疑ってもいたよ。今から急いでここへ旦那に来てもらう。番太郎がいる番屋より、ここの方が誰にも聞かれずに済むからね」

松次はすぐに田端の役宅まで人を走らせた。

しばらくして、田端が訪れた。

「これしか案はありません」

季蔵が書いた紙を渡して、話し終えると、

「わかった、我らはそのように動くこととしよう」

田端は大きく頷《うなず》くと、季蔵が書いた紙を持たせ、知り合いの瓦版《かわらばん》屋まで人を走らせると、持参してきた大徳利で酒を飲み始め、

「何だか、武者震いがしてきた」

松次は茹で栗に木匙を使う手を止めなかった。

その日、市中で配られた瓦版には以下のような話が載った。

あたしは亭主が殺されたのを見た！　下手人を知っている!!

小田原町《おだわら》にある海産物屋の主《あるじ》富助は、首を絞められて殺され、無残にも川に投げ捨てられた。女房お笛の悋気《りんき》の挙げ句の亭主殺しと見なされつつあった。

ところが、ここへ来て、〝あたしは下手人を知っている、亭主が何の用で誰に会うのかもわかっていたし、後を尾行《つけ》て、殺されるのを見ていた〟と言い出している。

相手は武家女に化けた年配の男だという話だ。亭主を殺した憎き仇《かたき》ゆえ、しっかりとその顔が頭に刻みついていて、たとえ男の姿に戻っていても、道ですれ違えば必ずわかるそうだ。

それが真実《まこと》ならば、奉行所は無実で乳飲み子までいる女房に縄を掛け、亭主殺しで首を打つことになる。お上の名の下にこんな非道が許されていいのか？　乳飲み子から何の咎《とが》もない母親を奪うのか？

二

また、赤子の泣き声がしている。

「すみません。この子、早く生まれたんで、並みより小さくて、お乳をせがむ数が多いんです―

お笛がしきりに詫びる。

田端を頭に松次、季蔵の三人は小田原町の海産物屋に居た。三人は全員市中で売られる瓦版に、下手人をおびき出す罠《わな》をしかけてからというもの、が一歩もこの店を出ず、お笛母子を守りつつ、相手が襲ってくるのを待っているのだった。

田端は〝お役目にてしばらく帰宅せぬ〟と書いた文を役宅に届け、季蔵の方は〝急な出張料理が遠方から入った、出かけるゆえ、よろしく〟と三吉《さんきち》に頼んだ。松次は〝親戚《しんせき》に不幸あり、しばらく不在〟と番太郎宛《あて》に書いて、

「とかく、番太郎って奴は詮索《せんさく》好きだからね、ほんとのことは匂《にお》わせもしねえ方がいいんだよ」

口をへの字に曲げて結んだ。

「それにしても、あの女房や赤子がいると、心配で始終ぴりぴりきてていけねえや。こちとら、ただでさえ、ぴーんと気を張ってるのによ」

時折、松次が愚痴る。

季蔵の策に乗った田端はお笛にそのあらましを説明した後、

「相手はどんな手を使っても生き証人を殺そうとするだろう。必ず、ここを襲ってくる。そうなると、女子どもは正直、足手まといだ。何かと世話のできるわしのところに移っていてほしい。特に娘岡っ引きだった嫁はいざという時にも頼りになる」

当然のことのように、けりがつくまでの間、お笛母子を自分のところで匿《かくま》うつもりでい

たが、

「お気持ちは有り難いです。ですけど、あたしはこれは亭主の仇討ちだと思ってるんです。なので、ここに居させてもらいます。それにたとえ、あたしたちが闇《やみ》に紛れてここからいなくなったとしても、よく泣く赤子の声がしなくなったり、庭にお襁褓《むつ》が干してなかったりしたら、隣り近所に気づかれてしまうでしょ？　ここらへんをうろうろして、あたしたちの様子を窺《うかが》ってるに違いない下手人にだって、わかってしまいますよ。だから、ここに居ます、居させてください」

お笛は頑として動かない覚悟を示した。

「でも、まあ、お笛さんの言い分はもっともです。相手に気づかれたら元も子もありませんし」

愚痴る松次に応えた季蔵は言い切って、飯を炊《た》いて、せっせと握り飯を拵《こしら》えている手を止めなかった。

いつ何時襲ってくるかもしれない敵のために、全員揃《そろ》っての食事はむずかしいとなると、各々が好きな時に食べられる握り飯が最適であった。

ここに籠《こ》もると決めた時、厨《くりや》の米びつにぎっしりと米が入っているのを見た季蔵は、

「ちょうど米の買い置きをしてくれていたところで助かりました」

ほっと胸を撫《な》で下ろした。

大事な坊やのために乳を出さなければならないお笛や、迎え討つ力を持続させて、この

店で待ち続ける自分たちのために、食べ物は欠かせなかったからである。

菜は店で残った魚を大鍋で煮炊きして賄《まかな》おうとしたのだが、

「うちの人は魚好きだったんですけど、あたしはお豆腐の方が好きで——お魚じゃ、お乳の代わりに肌にぶつぶつが出るばかりで——」

お笛は申しわけなさそうに目を伏せてしまい、季蔵は魚料理は魚好きな松次の分だけ作り、毎日立ち寄る豆腐屋からいつもの量の豆腐をもとめた。

「何か好きな豆腐料理はありますか?」

季蔵が訊《き》くと、

「あたし、お豆腐はお塩か、お醬油《しょうゆ》だけで充分です」

一日目、お笛は三度の菜の豆腐に塩または醬油を掛けて食べた。

ぱらぱらとではあるが、客たちがこの店を訪れている。そのたびに、

「いらっしゃい」

応対に出るのは赤子を背負ったお笛だが、奥への上がり口には田端と松次がじっと息を潜《ひそ》めている。

客に不審な挙動があった場合、すぐに取り押さえる構えでいるのだ。

急に陽《ひ》が翳《かげ》る夕暮れ時のことだった。

突然、店先を黒い影がさーっと走って、棚に並んだ生魚や干し魚、わかめや昆布等の海産物が消え去ったかのように見えた。

「きゃあーっ」

お笛が悲鳴を上げ、

「大丈夫か？」

田端と松次が慌てて介抱した。

「だい、大丈夫です。店を閉めないと」

お笛は立ち上がった。

「手伝おうか？」

松次の言葉に首を横に振って、

「誰が見てないとも限りませんから」

泣き叫ぶ赤子をあやしながら一人で板戸をはめて戻ってくると、

「思った通り、ここらへんをうろついている大きな雄《おす》の黒猫でした。坊やよりずっと大きいので前から用心していたんです。一度うちの人が追い払って、しばらくは姿を見せなかったんですけど、うちの人はいなくなって怖い者なし、もうずっと帰って来ないって、悟られてしまったんですね」

悔しさと切なさ、悲しさで唇を噛《か》みしめた。

これが堪《こた》えたのか、気を高ぶらせたお笛は乳の出が悪くなったという。

——このままでは坊やは米のとぎ汁を乳代わりに飲むことになる。それでも命はつなげるが、おっかさんの乳の方がいいに決まってる——

季蔵は何とか、お笛に寛《くつろ》いで乳を出してもらいたかった。

――好きな豆腐料理を工夫してみよう――

竹籠《たけかご》の中の卵に気づいた季蔵は厨を探って採れ立ての小豆《あずき》を見つけ出すと、

――そうだ、萩《はぎ》豆腐にしてみよう――

萩豆腐を拵えることにした。

すでにもう、市中に咲き乱れていた萩の花は散ってしまっているが、紅白で初秋の訪れを告げてくれるこの花は、何とも典雅で人の目を愉《たの》しませ、心をゆったりと穏やかに導いてくれるような気がする。

萩豆腐は豆腐を白い萩の花に、小豆を赤い萩の花に見立てている。ちなみに萩の花が咲く頃に収穫される小豆は、しっとりと皮が柔らかく、そのまま形が残るように使うことができる。

まずは小豆を柔らかく茹でておく。

豆腐を裏漉《うらご》しして小豆を加え、つなぎの卵も入れて、蒸し碗《わん》に入れて蒸籠《せいろう》で蒸し上げる。

仕上げに出汁《だし》をたっぷりとかける。

「萩の花を思い出して召し上がってください」

季蔵に勧められるままに箸《はし》をつけたお笛は、

「ああ、何って軽やかな口あたりなんでしょう。小豆の色も綺麗《きれい》。身体《からだ》の力がふーっと抜ける美味《おい》しさですね」

思わずにっこりと笑っていた。

「身体が喜んでるとお乳も張ってきてくれるのね、ありがとうございます」

その言葉に後押しされ、季蔵はお笛のために萩豆腐を作り続けた。

二日目の不審者は昼過ぎて、客のいないのを見計らったかのように店先に立った男の物《もの》乞《ご》いだった。

「何か恵んじゃくれねえかね」

物乞いは汚れた手をお笛に向けてぐいと差し出した。

この時は季蔵も田端たちと共に上がり口に待機していて、一瞬、身構えたが、

「いいわよ」

驚きもせずにお笛は鰺《あじ》の干物をくれてやった。

「見知った男です。いつものことなんですよ。うちの人がやってたことなんで、これもきっと供養になるかと思って――」

上がり口でお笛が告げた時、季蔵は素早く勝手口から出て物乞いの後を追っていた。

あろうことか、鰺の干物の匂《にお》いを嗅《か》ぎつけた野良犬が寄ってくると、

「まあ、裾《すそ》分《わ》けもいいっかぁ」

物乞いはぽいとお笛からの恵みを道ばたに捨て、蓬髪《ほうはつ》の中に隠してあったぴかぴかの小判一枚を取り出すと、にやりと笑った。

――この店で余り物をねだっている物乞いを小判で釣って、お笛さんや店の様子を窺わ

せた者がいる。これは油断できない——

季蔵はさらにその物乞いの後を尾行たが、途中で襤褸《ぼろ》を纏《まと》った物乞いたちの群れに出遭《であ》い、どの物乞いも似て見えて、当の物乞いの姿を見失ってしまった。

店に戻った季蔵はこの事を田端たちに告げた。

「となりゃあ、相手は物乞いだけじゃなしに、命知らずのごろつきなんぞを雇って、何人もでここを襲わせるってことも考えられやすね」

案じる松次に、

「それならば、富助の時も同じようにしたはずだ。身分の高い女に化けてまで、自分が手を下したのだから、今度も人任せにはしないはずだ。きっとここへやってくる」

酒を飲まず、日に握り飯を一個しか食べない田端は、窶《やつ》れて見えるだけではなく、いちだんと厳しい表情になっている。

三日目の朝が来た。

「洗濯物があったら出してくださいな」

言いかけたお笛だったが、

「いけない、いけない、あたしのものやお襁褓の他は干しちゃ駄目だったんだわ。誰かいると気づかれちまう。あたし、自分で言いだしといて——すみません」

きまり悪そうに項垂《うなだ》れた。

「皆、くれぐれも気を抜かないように」

田端が大声を上げた。

三

この日の昼は、やはり引き続き握り飯だったが、多少目先を変えようと、季蔵は梅干しやおかかの代わりに、昆布の旨味《うまみ》と酒、醤油、味醂《みりん》、砂糖で丹念に甘辛く煮付けた、アワビの胆の佃煮《つくだに》を芯《しん》にしてみた。

「こりゃあ、いけるね」

ずっと固まっていた松次の顔がほぐれ、

「ん」

珍しく田端は二つ目の握り飯に手を伸ばした。

裏庭では威勢のいい赤子の泣き声が聞こえている。

「いつもの水やりだよ」

お笛は家の裏手の猫の額ほどの土地に、葱《ねぎ》や小松菜を植えて菜作りの足しにしていて、水やりを怠っていない。

「時がかかり過ぎではないですか？」

季蔵は気にかかった。

「そういやぁ、四日に一度、屋台の煮売り屋が商いに来るって、お笛が今日の朝、言ってたな。この店で売れ残った海産物を安く叩いて、買ってくんだそうだ。古くなった海産物で拵えた菜を売ってるなんてことは他人に知られたくねえし、誰が見てるかしんねえってんで、決まって裏から入ってくるんだとさ。そんな商いしてるのも、この店が今一つで売れ残りが多いからだろ？　こんな調子じゃ、冥途《めいど》の富助も女房子どもの行く末がさぞかし――」

続けかけた松次を、

「しっ、静かに」

眉《まゆ》を上げた田端が黙らせた。

赤子の泣き声がひときわ高くなっている。まさに火が点いたように泣いていた。

思わず三人は顔を見合わせた。

「まずは、わたしが様子を見てきます」

季蔵が言い出した。

「わしは表へ出て、右手から裏へ回る」

「俺は左手から行きやすよ」

田端と松次は店先から外へ出て行き、季蔵は足音を忍ばせて、勝手口の前に立った。どこの家の勝手口の戸もとかく軋《きし》みがちである。季蔵は勝手口の戸に開いている唯一《ゆいいつ》の穴に目を押し当てた。

相手は手拭《てぬぐ》いで頬《ほ》っ被《かぶ》りをしている。ご丁寧にも眉には白い粉がかけられていて、わざと腰を曲げて背丈を低く見せて、匕首《あいくち》を手にしてお笛に迫っていた。

――ここの残り物を買っていく屋台の煮売り屋は老人で、それに化けているのだ――

赤子は泣き続け、お笛は凍りついたように立ち尽くしている。

「誰か来るとまずい、これ以上泣かすな」

煮売り屋に化けた男は苛《いら》ついた声で呟《つぶや》いた。

お笛の目は匕首に吸い寄せられていた。恐怖のあまり、赤子をあやす仕種も声も出すこともできない。まさに蛇に見込まれた蛙《かえる》である。

赤子の泣き声がまたいっそう大きくなった。

「畜生っ」

相手が母親に背負われている赤子めがけ、匕首を振りかざしつつ、突進してきた。

この時、季蔵は力任せに戸を開けると、咄嗟《とっさ》に近くにあった小皿を男の匕首を持つ手めがけて投げつけた。

匕首が地面に落ちると男は拾おうとした。その仕種は意外に機敏で、遠くへ蹴飛《けと》ばそうとした季蔵の足が間に合わず、再び匕首は男の手に握られた。

「畜生っ」

また呟いて、男は今度はお笛の胸を狙《ねら》って襲いかかってきた。

「危ないっ」

叫んだ季蔵は泣き叫ぶ赤子と共に、お笛を抱え込むと横に飛んで伏せた。

「観念しろっ」

田端が抜いた刀の切っ先が男の頬っ被りした首筋、右、左と交互に撫でた。

「ううううう」

しばらく、反撃できない無念の呻《うめ》き声が洩《も》れて、ほどなく、ぽとりと匕首が落とされ、松次が飛びついて匕首を田端に渡した後、男の手拭いを力任せに剝《は》いだ。

巷《ちまた》で仏の敏右衛門《としえもん》と称されている温和な表情とは似ても似つかない、憤った般若《はんにゃ》の面さながらの形相で、

「畜生、畜生」

歯噛《はが》みを続けている。

こうして、江戸の名高い商人井本屋敏右衛門は、海産物屋の主富助殺害並びに、富助の女房お笛と赤子殺害未遂の咎《とが》で縛に就いた。

殺しの現場で縄を打たれたとあっては、如何《いか》なる言い逃れも、また、罪を逃れる工作も出来なかった。

「しかし、これほど不可解な話があろうとはな――」

敏右衛門の詮議に立ち会った役人たちの誰もが首をかしげた。田端はこれを松次に洩らすと、

「塩梅屋《あんばいや》にも聞いてもらいたい」

二人して塩梅屋の暖簾《のれん》を潜り、床几《しょうぎ》に腰を下ろした。

「そろそろおいでになる頃だと思っていました」

季蔵は豆腐ではなく、豆乳を用いて、枝豆を萩の葉に見立てて、彩りを増やした萩豆腐を試しているところであった。

まずは、寒天を水で戻す。

鍋に豆乳と出汁を煮立て、しっかりと水気を切った寒天を加えて煮溶かし、塩少々を加え、目の細かい笊《ざる》で漉す。

平たい口の湯《ゆ》呑《の》みに茹でた小豆と同様に薄皮を剝《む》いた枝豆をぱらぱらと入れ、漉した豆乳汁を流して冷やす。

固まったところで、ひっくり返して湯呑みから外して小豆と枝豆が見えるように皿に盛り、昆布《こんぶ》出汁《だし》と醬油、味醂、隠し味に少々の梅風味の煎《い》り酒をまぜた汁をかけ、おろし生姜《しょうが》をのせて勧める。

「よっ、つるっとすべすべの萩豆腐。たまらねえ。お笛一人が食べてるのを見て生唾《なまつば》が出たよ」

三吉が差し出した湯呑みの甘酒を慌ただしく啜った後、早速、箸を取った松次を、珍しく冷や酒に手をつけようとしない田端がこほんと一つ、咳《せき》をして制した。

「そうでやしたよね、今日は季蔵さんに聞かせたい話がありやした」

松次が箸を置いた。

「ん」

大きく頷いた田端は畳んである紙の束を懐から出して一枚、一枚広げていった。七枚の紙には、それぞれ以下のように書かれていた。

〝富助がおまえを助けたのは偶然などではない。あの時、野犬を放してけしかけたのも、富助の仕業だった。富助はああ見えて只者ではないのだ〟

〝もちろん、富助はけちな海産物屋の主で恩が足りているとは思っていない。虎視《こし》眈々《たんたん》と井本屋の身代を狙っている〟

〝そのうち、きっとその兆《きざ》しが見えるぞ〟

〝いずれ、おまえは富助に殺される〟

〝殺《や》るか、殺られるか。報《しら》せてやっているのだから先に殺れるぞ〟

〝先に殺らなければ自分の身も身代も守れない〟

〝殺れ、殺れ、殺れ〟

「敏右衛門は井本屋に投げ込まれ続けた、これらの文に操られて富助を殺したと言っている。季蔵、おまえの言った通り、御殿女中の形をした上、死装束ということで、左前に着物を着て、富助に近づいたそうだ。だが、井本屋は市中の者たちが仰ぎ見るような徳の備わった大商人、富助は敏右衛門のおかげで持たせてもらった店で、何とか、糊口《ここう》を凌《しの》いでいるちっぽけな男だ。投げ文に操られ、富助が井本屋の身代狙いだなどと、どうして思い込んでしまったのだろうかと、我らは信じられず、今一つ得心がいかない」

田端は両腕を組んで首をかしげた。

「ありもしないことをあると思い込む病に罹《かか》っているということは？」

季蔵はまず訊いた。

「気を病む者を診る医者を呼んだが、もとより敏右衛門はその手の病ではなかった。当初は投げ込まれた文を悪意のある悪戯《いたずら》と見なして、全く信じてはいなかったそうだ。だが、富助が鮑玉を譲ってくれと言ってきて以降、むくむくと疑惑が膨らんで、文に書かれていることを信じてしまったと言っている」

「なるほど」

季蔵は〝そのうち兆しが見えるぞ〟と書かれている文をちらと見た。

「女房のためとはいえ、鮑玉がいけなかったね」

松次はそろそろと箸を手にした。

「井本屋さんにとって、それほど鮑玉は大事なのですか？」

季蔵の問い掛けに、

「鮑玉は干しアワビ等と一緒で、長崎から異国に売られている。干しアワビも高値で売れるが、珍しい鮑玉とは比べものにならない。井本屋はそんな鮑玉の取り引きを玉木藩から一手に託されている。これはかなりの役得だ。それで、富助に鮑玉を譲れと頼まれた敏右衛門は、これぞ、〝そのうちの兆し〟と思い込み、富助への疑惑をさんざん募らせた挙げ句、とうとうあのような罪を犯してしまったのだ、と言っていた」

ょう？」

一とはいえ、井本屋は両替屋の大店。鮑玉の取り引きだけで潤っているわけではないでし

「我らもそう思った。いくら貴重な鮑玉でも数の多くない分、両替と違って、日々の儲《もう》けにはならない。だが、敏右衛門は、古来、海の宝として珍重されてきた鮑玉の取り引きを任されるのは、何にも替えがたい誉れであると言い続けている。それゆえ、鮑玉に関《かか》わってきた富助を、たとえ命の恩人であっても、井本屋乗っ取りを企んでいると疑い殺してしまったのだと――。近く白州に引き出されれば、必ず打ち首の沙汰《さた》が下るとわかっていて言っているのだ、よもや、嘘偽《うそいつわ》りではあるまい」

そこで一息ついた田端はやっと冷や酒に手を伸ばし、

「ようはわかったようなわからない話なのさ」

すでに松次の箸はうきうきと忙しく動いていた。

四

それから何日かが過ぎ、昼餉《ひるげ》が落ち着いた頃、廻船《かいせん》問屋長崎屋《ながさきや》五平《ごへい》が塩梅屋を訪れた。

「今日は噺《はなし》に関わることじゃないんです。何日か前、あの井本屋さんが打ち首になったでしょう？　それを聞いて、何だか、ふーっと気が抜けて、仕事が手につかなくなって、店にいるのも嫌になって、足がこちらへ向いてたってわけです」

若い頃、父親に勘当され、噺家を目指した五平は二つ目にまで昇進し、松風亭玉輔《しょうふうていたますけ》と名

乗って高座に上っていたこともある。今は急逝した父親の後を立派に継いで、家業に精を出している。そして、噺の方は趣味となり、社交を兼ねた噺の会をしばしば開いていた。

〝時そば〟等、季蔵は五平に頼まれて噺にちなんだ料理を拵えることもある。

「アワビの胆《きも》の黒造りはお届けしましたが、うちのアワビ昼餉はまだ、召し上がってなかったはずでしょう」

季蔵は元気のない様子の五平に、骨董飯《こっとうめし》とアワビの刺身、松次が堪能《たんのう》したのとはまた別の萩豆腐をもてなした。

これには小豆と枝豆の他に、海老《えび》と栗を加えて、秋ならではの風情《ふぜい》を醸し出す工夫が凝らされている。

この四種を茹でて、海老だけは梅風味の煎り酒で下味をつけておく。

胡麻《ごま》を当たった当たり鉢に昆布出汁、酒、葛粉《くずこ》を加え、さらに当たったものを、鍋に入れて熱を加えながら練り上げ、砂糖、塩、醤油で味を調え、布巾《ふきん》に取って、小豆、枝豆、海老、刻んだ栗と一緒に茶巾《ちゃきん》に絞り、冷たい水に落として冷ます。

山葵《わさび》を天盛りにして盛りつけ、たっぷりと出汁をかけて供する。

「綺麗ですね」

五平は箸を進めて、

「もちもちの胡麻豆腐の食感の中に、栗の風味が素晴らしい。何か、少し気が晴れてきましたよ―

「落ち込んだのは井本屋さんの亡くなり方のせいですね」

季蔵は五平に胸の裡《うち》を吐き出させようとした。

――大店の主の五平さんならば井本屋さんともつきあいがあったはず。とても他人《ひと》ごととは思えないのだろう――

「人はどんなに安泰に見えても、実は明日をもしれないのだと思いました。しかも、井本屋さんの富助さん殺しは、恩人さえ疑い憎む人の心の浅ましさにあるのだと思うと、何とも情けなくて――。そういう魔のようなものが、井本屋さんだけじゃない、きっと自分の心の裡にもあるに違いない、そんな風にさえ思えてきて、たまらなく、あなたの料理を食べて話がしたくなったんです」

「ありがとうございます。そのようにおっしゃっていただくと料理人冥利《みょうり》に尽きます」

季蔵は頭《こうべ》を垂れた。

「そんなわけで、骨董飯もアワビの刺身も大変美味しく、アワビに八つ当たりする気もないんですが、〝鮑《あわび》のし〟みたいな、落ち噺をはなす気分にはなれません」

〝鮑のし〟は〝鮑貝〟、〝祝いのし〟とも称される上方由来の噺で、女房に頭が上がらないお気楽者の長屋の住人と、子どもの婚礼を控えた締まり屋の大家との愉快な駆け引きが軽妙洒脱《しゃだつ》に語られる。

「いつか〝鮑のし〟をお得意の〝酢豆腐〟のように、ここで噺《はな》してくださるとうれしいです」

季蔵は五平を励ました。

長いつきあいで、五平の心は商いを離れて噺に向く時に限って、自由闊達《かったつ》に解き放たれることを知っていたからである。

ちなみに〝酢豆腐〟は、食通を自称する若旦那が長屋の連中の悪戯心の餌食《えじき》となり、食べたことのない腐った豆腐を食べさせられ、これほどの美味はないと言い放ち、皆の失笑を買う話である。

「それと井本屋さんの件についてては少々、気になることがあるんです」

五平は帰り際にふと洩らした。

「どんなことです？」

「あれだけの身代を築きながら、正真正銘の独り身だったことです。故郷《くに》にも親しい身寄りがいないようです。罪人として果てたとはいえ、あそこまでの方の骸《むくろ》が、据物師《すえものし》の試し斬《ぎ》りにされるのは何とも気の毒でしたので、願い出て、長崎屋の菩提寺《ぼだいじ》に葬りましたが、誰も墓を訪ねてはきません」

どんなに栄華を極めた人でも、一旦《いったん》階段を踏み外してしまえば、とかく、世間の目や風は冷たいものだと季蔵は思ったが口にはしなかった。

「それで今、井本屋はどうなっているんでしょう」

井本屋が闕所《けっしょ》になったという話は聞いていなかった。

「西国の訛《なま》りが強い四十歳ほどの男が主となり、井本屋は坂本屋《さかもとや》と屋号を変えて商いを続けています。主が罪人だったというのに、この流れはいささかお上が寛容すぎるような気もしますが、奉公人たちはそのまま雇われているとのことで、これは本当によかったと思っています」

五平が噺家を辞めて跡を継いだのは、父の突然の死で路頭に迷う奉公人たちを案じてのことだった。

「継がせる血縁や家族もいないというのに、身代を守るためとはいえ、よくも富助殺しに自ら手を下しましたね？」

季蔵は知らずと首をかしげていた。

「そうでしょ、そうなんですよ。わたしにはそこがさっぱりわからないんです。いずれ、赤の他人に近い遠縁か、大番頭とかに託するのなら、たとえ富助さんが狙っていると思い違いをしても、命の恩人に譲っても悪くはないと思うんじゃないかと——。何で殺すほど思い詰めたのかが謎《なぞ》なんです」

五平は頭をかしげたまま、塩梅屋を出て行った。

この日は北町奉行の烏谷椋十郎《からすだにりょうじゅうろう》もやってきた。暮れ六ツ（午後六時頃）の鐘が鳴り終わらないうちに、巨体を揺らしながら音をたてて油障子を開けた。

「やっといらしてくださいましたか？」

季蔵は微笑《ほほえ》んで迎えたが、その実、

——何かあるな——

多忙な鳥谷の訪れが飲み食いのためだけではないと承知している。季蔵には裏の顔があり、先代の長次郎《ちょうじろう》同様、この鳥谷の元で秘密裏なお役目を務めていた。

「まずは離れへ」

案内しようとすると、

「今夜はちょい冷える」

鳥谷は両手を袖《そで》の中に入れた。

「〝これぞ秋〟というもので、身体を温《ぬく》めてやりたい」

「一言、いらっしゃるとおっしゃっていただいていれば、準備もいたしましたものを」

「何もないというのか?」

鳥谷は俄然《がぜん》不機嫌になって、ぷっと子どものように両頬《りょうほほ》を膨らました。

――これという用事ではないが、お役目で心にわだかまることでもあるのだろう。もしや、五平さん同様、井本屋敏右衛門のことかもしれない――

「アワビ昼餉はまだ残っております」

「それだけか?」

「まあ、後はお楽しみで――」

――たしか、昨日、買った鯛《たい》がまだ残っていた――

季蔵は鳥谷を離れへ誘うと、店の厨にあった材料を三吉に集めさせ、離れの厨で鳥谷のための五目萩真薯《しんじょ》を拵えることにした。

「真薯か、それは温まる」

烏谷は機嫌を直すと、離れにある仏壇に線香を上げてしばらく瞑目《めいもく》した。

季蔵は五目萩真薯を作り始めた。萩真薯には萩豆腐と異なり、豆腐や豆乳ではなく、鯛のすり身と大和芋《やまといも》が使われる。もっとも、小豆や枝豆が重要な彩りになるのは同じであった。

まず、人参とキクラゲをみじん切りにして、熱湯で茹でる。殻を剝いた海老はぶつ切りにして塩一振りで下味をつける。これらを混ぜ入れるのは、真薯は豆腐よりはこくのある、鯛のすり身を使うので、小豆や枝豆だけでは相性が今一つで、食味に物足りなさを感じるからである。

枝豆と小豆も茹でておく。

当たり鉢で鯛と大和芋を当たり、出汁で溶いた葛粉、塩、酒、醬油適量を入れて混ぜ、人参、キクラゲ、ぶつ切りの海老の身、枝豆、小豆を加えてさらに混ぜる。

鍋にたっぷりの出汁を火にかけて沸かし、五目萩真薯の生地を丸めて入れ、中弱火で火を通す。

椀に出来上がった五目萩真薯を盛り、鍋に残っている出汁を注ぎ入れる。別の鍋で清汁《すましじる》を拵えて椀用の出汁にするという仕立て方も、さっぱりと繊細で美味な味わいではあるが、鯛の旨味がよく出ている出汁を使った方が濃厚な味の五目萩真薯に仕上がる。烏谷はこちらの方が好みであった。

松葉の形に切った柚子《ゆず》の皮をのせ、菊の花を添える。

烏谷は出来たての五目萩真薯にふうふうと息を吹きかけながら、三度、代わりを楽しんだ。

「長次郎よ、人は死んでしまうと、もう、飲み食いはできぬものだろうか？　だとしたら、面白くないのう。それできっと誰も死にたくはないのだろう。命さえ永らえられるなら、身代など惜しくはないであろうに――」

仏壇の中にある先代の位牌《いはい》に話しかけていたかと思うと、

「刑死した井本屋敏右衛門は地獄に落ちている頃だろうが、殺された富助の方はどうしていることやら――。生まれてから死ぬまで、虫一つ殺したことのない善人でもなければ、極楽にはなかなか行けるものではなさそうなので、やはり、同じ地獄にいるとなると、いずれ出会う二人はいったい何の話をするのだろうな？　想い描けるか？」

季蔵に向かってにたりと笑った。

五

――お奉行様も田端様や松次親分、五平さん同様、井本屋敏右衛門の富助さん殺しの理由に不審を抱いているのだ――

季蔵は敏右衛門が犯した罪には、自分たちがまだ知り得ない真相が隠されているのではないかと思った。

「真薯の次はいよいよアワビの出番だろう？」

烏谷に催促されて季蔵はクロアワビの刺身を胆タレで供し、冷めた骨董飯を蒸籠で蒸し直すと、

「さて、いよいよ、お奉行様のお待ちかねの品に取りかかります」

天麩羅《てんぷら》好きの烏谷のために、蒸しや煮アワビに使うマダカアワビの身を、一口大に切り揃えてからりと揚げた。天つゆではなく塩で勧める。

「さすがクロアワビの天麩羅。揚げた身の風味が違う、贅沢《ぜいたく》なことよな」

すっかり貴重なクロアワビだと思い込んでいる烏谷に、実はマダカアワビなのだと告げても、

「嘘を申すでない。わしはこれでも黄金に等しい舌を持っているのじゃ。そして、今、その舌がクロアワビを欲しがるゆえ、こうして食うておる」

頑として認めず、皿に盛られた揚げたてのアワビ天を次から次へと口へ運んだ。

「まだ、召し上がりますか？」

「もちろん」

「それではこれがマダカアワビである証をお見せしましょう」

厨へと烏谷を誘った。

そこで季蔵は赤味の強いマダカアワビの殻を見せてから、身を取りだして天麩羅用に切り分けると、小麦粉の衣に潜らせて揚げていった。

衣がまだついていないマダカアワビの一切れを、まずは頬張ってみて、

「身が柔らかすぎる、風味もあまりない」

苦い顔になった烏谷だったが、揚げたてに息を吹きかけながら口に入れたとたん、

「何だ、この圧巻の変わり身は？」

ほうっと感動のため息をついた。

こうして烏谷はアワビ天を堪能して帰って行った。

そんな烏谷が季蔵の長屋の前に立ったのは、翌々日、空が白み始めたころのことであった。

とんとん、とんとんと根気よく油障子を叩く音で季蔵は目を覚ました。

「どなたです？」

油障子を引くと、

「至急、わしと一緒にある所まで足を運んでもらいたい」

ぎょろりと大きな目を剝いている、気迫に満ちた烏谷の顔が迫った。

「わかりました」

季蔵は素早く身支度して、長屋の木戸の前で待っていた烏谷と共に歩き出した。

――人を寄越さず、お奉行様ご自身が来られるとはよほどのことなのだろうか？――

すると、突然、

「外《はず》れだ、外れだ」

烏谷はわははと大口を開いて笑い出した。

「そちが思っているような大事ではない。とはいえ、この泰平の御時世、よくあることでもない。大事が隠されているのやもしれぬが、只《ただ》の無駄骨かもしれぬ。とにかく、藪《やぶ》医者の一見ではわからぬのだ」

烏谷は笑い続けたが、鋭さを増しているその目は少しも笑っていなかった。

夜がすっかり明けていた。

烏谷の足が一軒の仕舞屋《しもたや》の前で止まった。門は壊れ、庭は枯れ草で被《おお》われている。壁が崩れて屋根の瓦《かわら》はところどころ欠けている。廃屋に近い家であった。

「ここには要三《ようぞう》と申す渡り中間《ちゅうげん》が住み着いている。要三はとかくの噂《うわさ》がある、ごろつきに近い奴なので、常に目を光らせているよう、手先の者に命じていた」

烏谷の下で働いている手先や隠れ者は季蔵だけではない。

「そのとかくの要三が何かやったのですか?」

季蔵が訊くと、

「まあ、たしかにしでかしたのだ」

大声で応えた烏谷は上がり口で草履を脱ぐと、埃《ほこり》まみれの中へと踏み出した。

「要三はここに居る」

烏谷が襖《ふすま》を開け放った。

——これは——

一瞬、季蔵はぎょっと目を瞠《みは》った。

前のめりになっている奴髷《やっこまげ》の男が腹に刀を突き立てて自害している。

「要三を見張っていた者がわしに伝えてきた。自害のようには見える。奉行所出入りの藪医者なら、迷わずそう見なすことだろう」

「何を理由に自害を疑うのです？」

襖の外にいる季蔵はまだ骸に近づいてはいない。

「そちも元は侍で武家の家に育ったのなら、己の手にした刀で腹をかっさばいて死ぬ、切腹がどれほど苦しく、難事の極みか存じておろう？」

「それゆえ、刀で腹を斬り込んだ刹那《せつな》、首を落として苦しみを瞬時に終わらせる、介錯人《かいしやくにん》が控えているのだと聞きました」

「わしが手の者から聞いている要三はそんな男ではない」

「そもそもの身分が渡り中間だからですか？」

渡り中間は大名屋敷や旗本屋敷がひしめく江戸に多い、一時限りの武家奉公人であった。

「いや、たとえ渡り中間でも、折々の主家に忠義の心を持つ者がいないとは思っていない。ただ、どう見てもこ奴は——」

烏谷は座敷に入って、前のめりになっていた要三の髷を摑《つか》んで顔を上げさせた。

髷に白髪もなく、まだ三十歳半ばは過ぎていないように見える一方、酒毒による不摂生が顔の皮膚をたるませて、荒廃した印象を与えているだけではなく、首筋にぽつぽつと赤い爛れが固まっていた。

「この出来物は色好みのツケで罹る梅毒《ばいどく》の証だろう？」

烏谷に相づちをもとめられて頷いた季蔵は間近に骸を見ている。

「何か気がついたことは？」

季蔵は着物の背に穴が開いています」

「着物の背に穴が開いています」

「丸いとても小さな穴ですが――」

帯を緩めて、両肩から着物の上半身をそっと外した。剝きだしの背中には血の色の穴が開いている。

「ここは心の臓の辺りです」

「すると、これは？」

烏谷はさらに大きく目を剝いた。

「細くて長くて鋭い切っ先のあるもの、たとえば魚を焼く時に使う金串《かなぐし》でも、背中から心の臓を刺し通して、一瞬のうちに相手の息の根を止めることはできます」

「こ奴は心の臓を一撃されて絶命した後、腹を刺されて自害に見せかけられているというのか？」

烏谷は骸のすぐ前にある血の飛び散った屏風《びょうぶ》と、下腹からはみ出しかけている血まみれの腸《はらわた》を交互に見据えた。

「その屛風への血の飛び散り方は、降った雨粒の痕《あと》に似ていて、下手人が腹の血を布にでも浸して、ぱっぱと屛風に向かって振った痕です。要三さんがここに座って我と我が身に刀を腹に突き刺したならば、屛風の血は勢いよく跳ねるように飛び散っているはずですから」

続いて季蔵は骸の両手を確かめた。

匂いを嗅いでみて、

「これは胡麻油です。油で汚れた手では、刀の柄が滑って摑めるはずもありません。要三さんは屋台の天麩羅を食べた後、間もなく殺されたのです」

きっぱりと言い切り、

「なるほど。下手人はまずは息の根を止めてから、脇差《わきざし》でぐさりと腹を刺したのだな。しかし、中間が腰に帯びてよいのは木刀のはず。こ奴はひそかに脇差を持っていたんだなあ。それを知っている者の仕業ということになるな」

烏谷は大きく頷いた。

「書き置きのようなものはなかったのですか？」

季蔵は訊かずにはいられなかった。

ここまで細かな工作をする下手人なら、偽りの遺書を遺《のこ》していても、不思議はないような気がした。

「なかった。代わりにこれがある」

烏谷は文机の上の日記帳に手を伸ばした。

半分以上が破かれていて、以下のような何行かが残っている。

花木《はなき》藩　上野《うえの》藩　井脇《いわき》藩　内田《うちだ》藩　中村《なかむら》藩

三ヶ日《みっび》藩　村越《むらこし》藩　忠岡《ただおか》藩　玉木藩

「これらは今までに、渡り中間の要三が仕えた藩だとわかっている。破られているのは、下手人にとって不都合なことが書かれていた箇所だったのだろう」

烏谷は呟いた。

「なにゆえ、ここだけをわざと遺したのでしょう？」

季蔵は日記帳に目を凝らしている。

「昨今はどこの大名家も脇が甘いゆえ、渡り中間ごときにも、弱みを握られることも多かろう。これは博打《ばくち》好きだった要三がすぐに稼いだ金を使い果たし、強請《ゆすり》のために書き置いたものだったと思う。自害で片付けられればそれにこしたことはないが、自害が偽りだったと発覚してしまった時はこれが逃げ道になる。仔細《しさい》な内容までわかってはまずいが、関わった藩名を連ねてあるだけなら、大名家に町方は関与できぬゆえ、下手人探しは極めて困難になる。大名家取り締まりの大目付様に助力を得たくとも、そもそも、これだけ数があっては、どこに的を絞っていいか皆目見当がつかない。下手人の周到な考えには恐れ入ってしまう」

烏谷はここで大きくため息をついた。

六

この時、家の奥の方からにゃあにゃあという鳴き声が聞こえた。

「猫ですね」

「そのようだ」

鳴き声がしているのは厨で、生まれてそう月日が経《た》っていない仔猫《こねこ》が三匹、眠りから覚めて母猫の乳をもとめている。三毛二匹、白一匹の可愛《かわい》い仔猫たちであった。

「まだ目も見えていないようです」

季蔵は竹筒を拾い上げた。太い竹の筒に細い竹筒が接《つ》がれ、その先に布がついている。母親に乳が出ず、貰い乳する際もしくは、重湯《おもゆ》や、重湯にハチミツを混ぜたものを、赤子に与える時の哺乳筒《ほにゆうとう》に似てはいるが、それより二回りほど小さい。

竈に掛かっている小鍋に鼻を近づけると、人の赤子も乳代わりに飲む米のとぎ汁の匂いがした。

「どうやら、要三は母猫とはぐれたか、見放された仔猫を育てていたようだ」

呟いた烏谷の足袋《たび》に白い仔猫がじゃれついて足指の辺りを舐《な》めて、にゃあにゃあと鳴くと、後の二匹も覚束《おぼつか》ない足取りで近づいてきて見習った。

「仕方がないのう」

烏谷は抱き上げると、

「殺された要三の供養代わりに乳を与えよう」

猫の哺乳筒もどきの布に米のとぎ汁を染みこませると、立ったまま、一匹、二匹、三匹と命の糧を飲ませ与えた。

「猫がお好きなのですね」

「まあな、番屋にでも置いておけば誰か貰い手があるだろう」

烏谷は渋い顔をつくったが、いつになく、目は笑っている。米のとぎ汁で腹の満ちた仔猫たちは、押し合いながら、烏谷の胸元から中へと入り込んだ。遠目に見れば、きっとふわふわの丸い玉を、抱えてでもいるかのように見えることだろう。

「そちは、ごろつき同然の要三も今のわしのように、優しいところもあったとでも思い、感心しているのではないか？」

「ええ、まあ」

季蔵は相づちを打つ一方、

「実はあれが気になっていました」

床の上に丸めてあった紙を拾って広げてみた。それは〝常盤《ときわ》町、猫屋にゃあ屋、愛猫のための御品、相談、よろず承ります〟と書かれた引き札であった。絵柄に描かれている、女主と思われる大年増は整った顔立ちの美人である。

「その竹筒はきっとこの紙に包まれていたのではないかと思います。要三さんはあんな病に罹るくらいですから、美人の店主は気になったことでしょう。店主には何か、特別なことを話していたかもしれません」

「なるほど。ならば早速、常盤町の猫屋にゃあ屋を調べてくれ」

「わかりました」

季蔵はこの家を去る前に、念のため、もう一度、要三の骸を調べた。

「右手首に猫による傷がありました。傷は乾いてはいますがまだ治ってはいません」

「この仔猫らではまだ爪《つめ》も歯も立ちはせぬだろう？」

「この傷は深く大きく、おそらくは、敵意のある大人の猫に、飛びかかられて付けられたものだと思います」

「そのあたりも、猫屋にゃあ屋の店主が知っているかもしれぬな」

——猫好きの殿様は多い。猫の仔に乳またはその代わりを与える竹筒を売っているような店では、顧客に大名家がいても不思議はない。うまくすると、要三の手首に残っていた猫の傷が下手人へと我らを導いてくれるかも——

翌々日、季蔵は塩梅屋で昼前の仕込みを終えると、

「昼餉は任せたぞ」

常盤町へ向かった。

茜《あかね》色の暖簾に、〝猫屋にゃあ屋〟と白く染め抜かれた日除け暖簾の前に立つと、柔らか

な女主の声と、だみ声の男の声が交互に聞こえてきた。

「やだわ、あたし、殿方たちにそんな風に思われてたんですね」

「一人で店を構えておれば、当然、そう見なすだろう」

「ええ、でも、違うんですよ。あたしは出戻りで、仕方なくこんな商いをしてるだけなんですから」

「一度、どこかで飯でも食おう」

「御膳だけですか？」

「いいや、その先があってもいい。むしろ望むところだ」

「まあ、お上手なこと」

「わしは妻を亡くして以来ずっと独り身だ、あんたの世話をしてもいい。希望とあれば嫁にしよう」

「本当ですか？」

「誓って一人だ」

「でも、あたしは出戻りですよ」

「かまうものか」

「うれしいけど、やっぱりあたしは――。人にはそれぞれ分ってもんがございましょう？あたしなんぞを女房にしたら、お身分に関わりますよ。ですので、あたしは受けられません。ねえ、一太郎《いちたろう》様、そうですよね」

そこでにゃあと猫の声が響いた。

「一太郎様もそう言ってますよ」

「そのようだ。わかった、よし、おまえの気が変わるのを待とう。今日のところは一太郎の好みそうなものを選んでくれ」

「わかりましてございます」

ほどなく、戸口が開いて、大きな雄《おす》の黒猫を抱え、身形《みなり》の悪くない四十歳ほどの侍が出てきた。背が高く髭《ひげ》が濃く、大男の部類に入る。油性なのだろう、顔がてかてかと光っていた。

一方、買いもとめたと思われる、さまざまな猫用の品は大きな風呂敷《ふろしき》に包まれていて、小さな身体の供《とも》の者が重そうに背負っている。

「おまえもここに用か?」

侍は季蔵に訊いた。

「はい、そうでございます」

季蔵はあわてて深く辞儀をした。

「猫はいないようだが――」

侍は猫を抱いていない季蔵に不審な目を向けている。

――この男は必死で女主を口説いていた。こちらを対抗馬かもしれないと探りを入れているのだ――

「生まれたてで、母親を亡くした仔猫のことで、相談にまいりました。心配症の女房が眠れなくなるほど、たいそう案じておりまして」

季蔵が応《こた》えると、

「なるほどな」

相手は合点し、

「もたもたするでない」

供の者を促して去って行った。

季蔵は店へと入った。

「にゃあ屋お亜喜《あき》と申します。聞こえましたよ、今のお話。うちには乳をほしがる仔猫に打って付けのものがございます」

ぱっと目を引く美貌《びぼう》のお亜喜が笑いかけてきて、要三の家の厨にあったのと同じ竹筒を手にして、

「もしかして、そちらも、先ほどのお客様との話を聞いておられたのでは？」

黒目がちの瞳《ひとみ》を向けてきた。

「立ち聞きするつもりはありませんでしたが」

季蔵は困惑顔で認めた。

「あたし、結構上手なんですよ、商いが」

お亜喜はふふふと楽しそうにまた笑った。

「これは商いにはならないでしょうが、実は——」

要三の身に起きた悲劇と残されていた仔猫たちと竹筒について話した。

「あの要三さんがねえ——」

青ざめたお亜喜は咄嗟によろけて頽《くずお》れそうになり、

「大事ありませんか」

季蔵に抱きかかえられた。

「悪いけど、店の暖簾を下げてきてくださいな。今日はもう商いを続ける気がしなくなったわ」

「わかりました」

こうしてこの日は店を早仕舞いにしたお亜喜は、季蔵を長火鉢のある座敷に招き入れた。

「要三さんはあそこに居ますよ」

お亜喜は床の間に飾ってある白い壺《つぼ》を指差した。

「どういうことかっていうと、要三さんがくれたその壺を、質入れしたお金でこの店が始められたからなんですよ。それまではあたし、長屋住まいで、猫の蚤《のみ》取《と》りの仕事で糊口を凌《しの》いでたんです。そこでのお隣りさんが要三さんだった」

——褒《ほ》められる点が無いに等しい要三さんが人に情けをかけていたとはな——

季蔵は感動しかけたが、

——まあ、お亜喜さんは別嬪《べつぴん》だ。下心があってのことかもしれない——

思い直して、

「あなたのような女《ひと》がよく猫の蚤取りなどできましたね」

遠回しに要三の下心について尋ねることにした。

七

するとお亜喜は、

「猫の蚤取りをするには、まずは猫の湯浴みから。たいていの猫は、お風呂《ふろ》嫌いなので、たとえ普段から可愛がってもらっている家の人にでも、猛烈に嫌がって暴れ、時には引《ひ》っ掻《か》き噛み付くのね。ところが、どういうわけか、あたしは根っからの猫好きなんで大丈夫。どんな猫も湯に入れたり、湯を掛けたりしても大人しくしててくれる。湯浴みさせた猫は、濡《ぬ》れたまま狼《おおかみ》や熊《くま》、狐《きつね》等の獣の毛皮に包むの。そうすると、湯で溺《おぼ》れずに、猫の毛の奥へと進んで隠れていた蚤たちが、これ幸いと乾いて気持ちのいい獣の毛皮へと移動するでしょ。これを地面に叩《はた》き落として蚤取りは完了。獣の毛皮一枚あれば日に何度でもできる、元手のかからない仕事だったけど、賃仕事だし、いつも蚤のたかった飼い猫がいるとも限らないでしょ。だから、思いきって。もっと安定して儲かる仕事がしたかったのね」

「苦労なさったんでしょう？」

季蔵はお亜喜に身の上話を振った。

――この女と要三さんの接点がまだわからない――

「あたし、上州（群馬県）の出なの。家族を助けるために、村に来た女衒《ぜげん》に買われたのよ、確か八つの年。吉原の年季がやっと明けた時、幸いお女郎ならではの業病（梅毒等の性病）に罹らずに済んできたこともあって、この先はどんなに大変でも、身を売る稼業は止《や》めようって決めたのね。でも、お女郎って仕事、着物やお化粧なんかにお金がかかるもんだから、ろくに貯えもなかった。思いついたのは郭でただ一つの慰めだった猫ちゃんたちの蚤取り。そのうちに、猫の蚤取りにお金を叩くお大尽たちは、上等の餌《えさ》とか、いろんな行事の時にきばって着せる猫用の着物とか、冬場のふかふかの布団、お腹《なか》の調子を悪くしたり、風邪《かぜ》を引いた時の薬なんかも欲しがってるってわかったんですよ。市中にその手の店がないことも——。あら、いけない、あたしったら、おしゃべりばかりしてて、肝心な仕事を忘れそうだった」

「どうもすみません」

「あら、いいのよ。でもね、もう少ししたら、お大尽やお殿様のところから使いの人が来るから。あたし、これから、お猫様たちにお届けする極上のお粥《かゆ》を拵えなくちゃ、ならないのよ」

「今日のお猫様のご馳走はどんなものですか？」

「アワビ粥よ。このところ、アワビが手に入るんで、作ってみたところお猫様たちに好評。だから今日も——」

　お亜喜は厨へと立ち上がり、

「それ、人が食べても美味しそうですね」

「ええ、たぶん」

「教えてください」

そこで季蔵は初めて自分が料理人だと告げた。

「あら、やだ。そんなら、あたしのお猫様用料理なんてとても恥ずかしくて見せられないわ」

「食通の猫の舌に合うのなら、きっと人にも喜ばれるはずです。お願いします」

「はい、はい」

こうして季蔵はしばし話を中断して、お猫様のアワビ粥作りを見せてもらうことになった。

アワビを小さく切り、胆と軽く炒《いた》めておく。そこへ米を入れてさっと炒める。昆布出汁を入れ、四半刻（約三十分）ほどことことと弱火で煮る。

仕上げに胡麻油を加え、塩で調味し炒り胡麻をのせて仕上げる。

「アワビの身と胆を炒める時は菜種油で、仕上げの風味は胡麻油でつけるんですね、なるほど、これはコクがあって美味しそうだ」

「なら、食べてくださいな」

勧められて季蔵は蓮華を遣った。

「これほど磯の風味が豊かな贅沢なお粥をわたしは他に知りません」

「これも付けるんですよ」

お亜喜は短冊に書いてある、粥に付けるアワビの効能書きを見せてくれた。

このアワビ粥は、水分や滋味を補い、猫に精気を増させます。また、火照り・不快な微熱や汗、不眠に対する効果もあります。


——はて、人ならいざ知らず、猫まで火照ったり、微熱や不眠等に悩むものだろうか？

季蔵は不審に思わないでもなかったが、

——まあ、これも商いのうちだろう——

「ようはあなたの場合、猫好きが開運につながったというわけですね」

お亜喜にさっきの話の続きをさせることにした。

「猫好きはあたしだけじゃなく、要三さんもです」

「そうでしたね」

季蔵は要三の家の厨で、にゃあにゃあと可愛らしく鳴いていた三匹を思い出していた。

「要三さんとあたし、二人とも、長屋をうろうろしてる野良猫を放《ほう》っておけなくて、気がついたら猫友達になってたんですよ。それで何の気なしに話したのね、猫屋をやりたいって。そしたら、〝それはいい。誰も考えついていない、今がいい機会だ。高く売れる壺を持ってるから、そいつを売ったらいい〟って、この壺をくれたのよ」

お亜喜は再び、床の間の壺をじっと見つめて目を潤ませた。

「李朝《りちょう》のもののように見えますが」

「そうですってね。相当価値のあるものだってことで、骨董屋に売るのは止めて、質草にして、いつでも戻せる質屋に預けました。あったんですよね、絶対、この店が繁盛する自信。取り戻せた時は飛び跳ねたいくらいうれしかったわ。価値のあるものを手放さずに済んだっていうよりも、ああこれで、要三さんから受けたご恩を忘れずに済むって思ったんですよ」

「これだけの壺をどうやって、要三さんが入手したのかまでは考えなかったのですか？」

季蔵は核心を突いた。

「人に言えないことで手に入れたのかもしれないとは思ったわ。それで、思いきって聞くと、〝せびりはしたが盗みはしてない、身分のあるお家に仕えていると、いろいろ役得があるものさ、みんなやってることだし、心配には及ばないよ〟って。要三さんの言葉を信じました」

「あなたと要三さんは——」

「いいえ、あたしはまだ業病知らずで、あたしたち、そういう仲じゃないのよ。あの業病は睦《むつ》み合ったら必ず相手に伝染《うつ》るでしょ？　要三さんは若い頃の遊びが祟《たた》って業病に罹ってからというもの、〝女も女房も子も諦《あきら》めた〟んですって。その分、博打やお酒にのめり込んで無茶をやってたのね。見かねて意見すると、〝こんな病を背負ってちゃ、どうせ、俺は長くは生きられない〟っていうのが口癖でしたっけ。要三さんは自分のことのように、この店の繁盛を喜んでくれて――」

ついにお亜喜の目に涙が湧《わ》き上がってきて、

「一つぐらい、自分の想《おも》いを相手に伝えてもよかったのに――。男と女にならなくても、想い合うことはできるのに。ああ、でも、伝える努力はしたのかも――」

思わず、要三にも秘めた想いがあったことを口走った。

「誰か、好きな女でも？」

季蔵は訊かずにはいられなかった。

――その女と想い合っていれば、要三さんについて、お亜喜さんの知らないことも、その相手は知っているかもしれない――

「要三さんが猫のための品をここへ買いに来て、あたしと話し込んでたら、そこそこ年配ながら色香を失わず、長唄《ながうた》か、三味線のお師匠さんをしてるっていう、粋な感じの女の人と一緒に、それはそれは清楚《せいそ》な美人が入ってきたのよ。そんなに若いわけじゃないのに、まるで咲いたばかりの白百合《しらゆり》みたいに無垢《むく》な感じで――。あまり人が好かないサビ猫を抱いてましたっけ。うちで売り出してすぐに、売り切れになってしまってた、猫のおやつのシラス煎餅《せんべい》を買いにみえたんです。その時、要三さんたら、その美人から目が離せなくなってたんですよ。一目《ひとめ》惚《ぼ》れですよね」

これを聞いた季蔵は愕然とした。

――これはもしかして、お涼《りょう》さんに連れられて市中に出た瑠璃《るり》なのでは？――

「その二人はシラス煎餅を買って帰ったのですか？」

――売り切れであれば、出来次第届けてもらいたいと、住まいを伝えているのでは？

――

「何日かお待ちいただいて、南茅場《みなみかやば》町まで届けしましたよ」

――南茅場町にはお涼さんの家がある、間違いない――

「誰かに届けさせたのですよね？」

「あたしには店番がありますから。要三さんに頼みました」

「要三さんが行きたがった？」

知らずと季蔵の声は尖《とが》ってきていたが、お亜喜は気がついていなかった。

「要三さん、〝早くにおとっつぁんが死に、子どもだった俺を養子に出した後、他家へ嫁ぎはしたが、流行病《はやりやまい》で死んだと聞かされたおっかさんに似ている。夢に出てくるおっかさんはあんな顔をしてるんだ〟って言って、もう夢うつつでした。届けに行ったら、きっと、もう一度会えるだろうって思って、特別にお願いしたんです。要三さん、ほら、こんな古い歌まで引き合いに出してたんですよ――、あの人、意外に物知りだったのね」

お亜喜は要三が心の裡を託したという、万葉集の歌が書かれた短冊を見せてくれた。それには以下のようにあった。

伊勢の海人《あま》の　朝な夕なに　潜《かづ》くといふ　鰒《あはび》の貝の　片思《かたも》ひにして

これには二枚貝の一枚が外れたような貝殻のアワビと、伊勢の海人が朝夕ごとに海に潜って獲《と》ってくるアワビを重ねて、片想いの切なさが歌われている。

——自分だけの勝手な想いで、瑠璃の近くを、行いのよくない業病持ちの男がうろついていたというわけか——

相手はもう殺されてこの世にいないというのに、季蔵はむしょうに腹が立ってきた。

第三話　おき玖飴

一

「その後、要三《ようぞう》さんはどうしたのでしょうね？」

季蔵《としぞう》は心の揺れを抑えて、お亜喜《あき》に話を促した。

「残念ながら、あの美人は加減の悪い日が多いとのことで、会うことは叶《かな》わなかったと、要三さんはがっかりしてた。それで、あたし、一計を考えついたのね」

「どんな一計です？」

――要らぬ節介だ――

季蔵は仏頂面になる代わりに、両手の拳《こぶし》をこれ以上はないと思われるほど固く握りしめた。

「ちょっと待っててくださいね」

季蔵の憤懣《ふんまん》に気づくはずもないお亜喜は、座敷から店へ行き、

「これこれ」

赤、緑、紫、黄、青の五色が鮮やかな猫の首輪を手にしてきた。

「あの美人に想《おも》いを伝えるのに、可愛《かわい》がってる猫ちゃんの首輪を贈ったらどうかって。我ながらいい案でしょう？」

お亜喜は目を細め、

「猫好きは猫に似るとよく言われていますが、たしかにあなたもそうだ」

化け猫に似ていると言いたいところをかろうじて堪《こら》えた季蔵は、

「たしか、その猫はサビ猫だったのでしょう？　茶と黄土と黒が混じり合っているサビ猫に、その五色は似合いそうにありませんよ」

精一杯平静に話を続けた。

「そうそう、あたしもそう思ったのよね。それで、木挽《こびき》町にある小間物屋の横田屋《よこたや》さんのところへ行くよう、要三さんに勧めたのよ。横田屋さんって、夫婦揃《そろ》って、もの凄《すご》く目先が利いて、これぞと思う品や作り手を見つけると、どんどん買い付けたり、作らせたりして、いろんな物を流行《はや》らせる名人なんですよ。この五色の猫首輪もその一つ。これはもう、横田屋さんの店の片隅に置いとくより、猫屋のうちの方が売れるだろうってことで、最近はうちにおいているのよ。たしか、特注でこの世で一本だけの猫首輪も誂《あつら》えることができるって聞いてる。だから、あの美人の飼ってるサビ猫にも似合う猫首輪を作ってもらえるはず――」

「それで要三さんは横田屋さんに行ったのですか？」

季蔵は苛立った口調を何とか抑えている。

「わからない」

お亜喜は再び落ち込んだ表情になった。

「それでさっき、一つぐらい想いを叶えてもいいんじゃないかって言ったんですよ。こんなことになっちゃったんですもの。あたし、要三さんは横田屋さんにサビ猫の首輪を頼んでて、それを相手に贈って、思い残すことなくあの世へ逝《い》ったって信じたい」

言い切って、手で顔を被《おお》って声を上げて泣き続ける、お亜喜に暇《いとま》を告げ、季蔵は横田屋へ向かった。

横田屋ではお亜喜の猫屋にゃあ屋と違って、お大尽の姿こそ見受けられなかったが、老若の女たち何人もが目を皿のようにして、珍しかったり、美しかったり、気が利いたりしている小物に見入り、手に取ったりしていた。

――そういえば、勝二《かつじ》さんはここの仕事を引きも切らずに引き受けていて、手文庫等を納めていると聞いている――

季蔵は勝二の拵《こしら》えた手文庫の前で立ち止まっている、女隠居から目を離せなかった。横田屋の小物は値の割りにどれも品がよく、何より斬新《ざんしん》で洒落《しゃれ》ているのが売りではあったが、手文庫ともなればそれなりに値が張る。

「これ、どう思われます？」

あろうことか、後ろ茶筅《ちゃせん》の切り髪にした白髪に、被布の紫がよく映り、上品な佇《たたず》まいの女隠居が季蔵に訊《き》いてきた。

「とても作りがいいです」

胸の動悸《どうき》を意識しながら季蔵が応《こた》えると、

「たしかにそうですね、それじゃ、やっぱりいただいておきましょう」

女隠居は後ろにひっそりと控えていた小柄な主《あるじ》の方を振り返った。

「毎度ありがとうございます」

主が深々と頭《こうべ》を垂れると、

「ほんとうにいつもいつもすみません」

どこかまだ少女っぽく、商人《あきんど》らしくない雰囲気のお内儀が駆け付けてきて、亭主に倣《なら》って頭を下げた。

——よかった——

季蔵は目の前で勝二の品が売れるのを見て、心底ほっとしてうれしくもあった。

お内儀は手文庫を包みに奥へと去り、

「何か、お探しですか?」

亭主である主が声を掛けてきた。

——おやっ——

季蔵は町人髷《まげ》のよく似合う腰の低い主の口調に、武家の固さが残っていることに気がついた。季蔵もまだ、たびたび、侍客から指摘されることがあった。

——この男も元は武士だったとは——それにしても、形《なり》からではとてもわからない——

「実は——」

季蔵は声を潜《ひそ》めて、自分はお手先だと名乗った後、要三の一件とサビ猫の首輪がここで買いもとめられたかどうかを訊いた。

「あのお方が——」

絶句した主は、あわてて、倉三《くらぞう》という自身の名を告げると、

「店でお見かけはしましたが、応対に出たのは女房のおてるなので。今、呼んでまいります」

お内儀を呼びに奥へと入った。

「大変なことが起きたのですね」

女隠居は耳をそばだてていたようである。

——髪は白くとも、耳がこれほど達者とはまだお若いな——

「早く、下手人が見つかるとよろしいですね、ご冥福《めいふく》をお祈りしております」

女隠居は手を合わせてしばらく瞑目《めいもく》してから、包みを供《とも》の者に持たせて店を出て行った。

「大店《おおだな》の御隠居さんなのでしょうね」

季蔵がふと洩《も》らすと、

「泰豊寺《たいほうじ》に起居している西国のお方と聞いております。悠々自適の江戸見物を長く楽しまれているのでしょう」

「お泊まりが旅籠《はたご》ではなく、泰豊寺とは変わっていますね」

店に顔を出すやいなや〝お内儀さん、ちょっと〟とか、〝これ、どうかしら？〟等、内儀は何人かの客に声をかけられて手一杯になってしまったので、代わって倉三が、

「信心深く、毎日読経を聞いていたいのだとおっしゃっていました。寺は旅人からは宿賃を取りませんので、読経代として支払われているのだと、泰豊寺で厨《くりや》を手伝っている女から洩れ聞きました。あれだけのお方が、旅籠代わりにしてくれれば、貧乏寺の泰豊寺では大助かりでしょう」

話の相手をしてくれた。

「なるほど」

季蔵が頷《うなず》いたところで、

「お待たせしました」

やっとお内儀の手が空いて、要三とサビ猫用の首輪について話してくれた。

「ここだけの話ですけど、組紐《くみひも》で作る猫の首輪はあたしの手慰みなんです。うちの人が面白いから出してみてはとしきりに言うんで、店の隅に並べたところ、目ざといにゃあ屋のお亜喜さんが見つけてくれて、作れば必ず買い上げてくれてるんです。ですので、お亜喜さんからの紹介でいらした、要三さんの注文の品はあたしが作りました。サビ猫に紫は似合わない気がしたんで、五色のうち、紫を黒に変えたんです」

「要三さんに渡しましたか？」

「ええ、三日ほど前に」

——ということは、要三はそれを渡しに瑠璃《るり》のところまで行ったはずだ——

この一瞬、季蔵はたまらない不安と不快感に苛《さいな》まれた。

——片想いとはいえ、許し難い——

強く握りしめた拳にやっとのことで怒りを封じ込めて、

「お話、ありがとうございました」

瑠璃のいる南茅場《みなみかやば》町のお涼《りょう》の家まで急ごうと、横田屋の外に出た時、

「あら、季蔵さん」

耳慣れた声が聞こえた。

「お嬢さん」

相手はおき玖《く》であった。

先代長次郎《ちょうじろう》の忘れ形見で塩梅屋《あんばいや》の看板娘だったおき玖は、南町奉行所定町廻《じょうまちまわ》り同心の井《い》沢蔵之進《ざわくらのしん》と結ばれて、八丁堀の役宅に住んでいる。塩梅屋には手伝いを兼ねて、訪れていたが、このところ、ほとんど顔を出していなかった。

「こんなところで季蔵さんに会うとは思ってもみなかったわ」

おき玖は女物ばかりが多く並ぶ店内を見回して、

「あ、でも、近頃、男物のお財布や煙管《キセル》入れなんかも始めたんだったわよね」

おてるの方を見た。

「左様でございます。男物の足袋《たび》やそう値の張らない根付けもございます。そちらの品もどうかよろしくお願いいたします。いかがですか？　旦那様《だんな》にお一つ、裏に小さな赤い菊の刺繍《ししゅう》が入った足袋などは？　旦那様を想う奥様の気持ちが溢《あふ》れていて素敵《すてき》ですよ——」

客あしらいがそうは上手《うま》くないおてるに代わって、倉三が如才なく、馴染《なじ》み客に向ける親しげな笑顔を返した。

——お嬢さんまでこの店に嵌《はま》っていたとは——

季蔵は半ば呆《あき》れ、

「ちょうどいいところで会ったわ、あたし、季蔵さんに相談があったのよ、ちょっと、ちょっと帰らないで」

追いすがるおき玖を、

「すみません、今は急ぐんです。後で店に来てください」

季蔵は躱《かわ》して走り出した。

二

南茅場町では、

「いらっしゃいまし」

乱れるように咲く江戸菊を模した袷《あわせ》を粋に着こなしているお涼が出迎えてくれた。

元芸者で今は長唄《ながうた》の師匠のお涼は、北町奉行の烏谷椋十郎《からすだにりょうじゅうろう》の内縁の妻で、季蔵の許《いい》嫁だった瑠璃は心の病を得てからは、ここで世話をされている。

「ちょっと気になることがあったんで、お訪ねしようと思ってたところだったんですよ」

「それはもしかして――」

季蔵はにゃあ屋や横田屋の主から聞いて、瑠璃が片想いされ、相手に猫の首輪を贈られたのではないかという話をした。

「それで案じて飛んでいらしたのね」

お涼は季蔵に庭の縁側を勧めた。そこからは座敷に座っている瑠璃の後ろ姿が見える。

「瑠璃」

声を掛けたが振り返らない。

代わりに瑠璃から離れて座っている虎吉《とらきち》がにゃーおと一鳴きした。

「今のお話に出て来た要三さんは二度、ここへ来ましたよ」

お涼は話し始めた。

「どうしても会いたいとおっしゃいましたが、患っているからと一度目はお断りしました。あちらもよくないものを患っている様子でしたしね。すると二度目は虎吉の首輪を持参してこられましてね。突き返すことができかねるほど、思い詰めた様子が怖かったので、とりあえず預かることにしたんです。力任せで押し入られでもしたら到底敵《かな》いませんから。瑠璃さんには見せず、名と住まいは聞いたので、後日、季蔵さんに話して、返してもらうつもりでした。ところが、その要三さんが帰るとすぐに虎吉が走ってきて、首輪に噛《か》みついて、あたしの手から捥《も》ぎ取ると、ずたずたに引き裂いてしまったんです。虎吉を追いかけてきた瑠璃さんは、この様子を見ていて、虎吉のせいで形を止《とど》めていない首輪を拾い上げると、座敷に戻って、長火鉢の横にある小《こ》簞笥《だんす》の上に置いたんです。今もそのままですが、このことがあってからというもの、瑠璃さんは虎吉を抱こうとしなくなりました。近づけようとしないんです。虎吉の方もそれがわかっているのか、ああして、そばにはいるものの、間は詰めず、膝《ひざ》にも乗らず、ずっとしょんぼりとしています。要三さんを瑠璃さんには会わせなかったんで、もしや瑠璃さんはこの首輪を贈ったのは、季蔵さん、あなただと思い違いしていて、壊した虎吉に腹を立てているのではないかと一時は思ったんですよ」

　相づちを打つかのように、時々虎吉が鳴いた。季蔵は下駄を脱ぐと座敷へと上がった。

「瑠璃」

　再び、ここで言葉を掛けたがその目は季蔵を見ようとはしない。両袖《りょうそで》に両掌《りょうてのひら》をすっぽりと隠して、前でぴったりと合わせている様子が、一心に何かを祈っているかのようにも見えた。

「これは？」

　五色の糸くずの塊と化した虎吉に贈られた首輪の傍らには、一輪挿しの撫子《なでしこ》の花と湯呑《ゆの》みの水が添えられている。

「今日の朝、気がついてみるとあったんです。瑠璃さんが庭から撫子を摘んで、水と一緒にあげたのだと思います」

――これは供養の形？　まさか、瑠璃は要三さんの身に起きたことを察知したのでは？

――

季蔵は一瞬、ぎょっとした。

「何か？」

お涼は季蔵の顔色が変わったのに気がついた。座敷から庭に下りた季蔵は、ついてきたお涼に、要三の身に起きたことをそっと耳打ちした。

「まあ」

今度はお涼の顔が青ざめた。

「でも、にゃあ屋で勝手に相手に見初められただけのことで、瑠璃さんは要三さんと会ったことなんてないんですよ。断じて、あたしが会わせやしませんでしたから」

お涼は大きく首を横に振り続けた。

「ずっと前、瑠璃は昔語りに取り憑《つ》かれ、自分とは到底関《かか》わりのない夢見をして、下手人に辿《たど》り着くきっかけを作ってくれたことがあったでしょう？」

「そういえばありました。でも、あれとこれとは違いますよ。あの時は片想いなんてされてませんし」

「不思議な力を持っているという点では同じです」

季蔵は言い切ったものの、

――あの時は関わりのないことだったが、今回は片想いされていた。その分、瑠璃は強い力に見舞われているのかもしれない――

ともあれ、これらは心を患う前の瑠璃にはない力でもあり、このところ、容態が良くなっていると信じていた喜びが、すーっと虚しく萎《しぼ》んでいくのを感じた。

「お話はまだ続きがあります」

お涼の方が先に気を取り直した。

「お願いします」

「要三さんはよくない男です。あたしが首輪だけ受け取って追い返すと、庭の垣根の隙間《すきま》から、縁側に瑠璃さんが出てきて座るのを待ってたんです。もしかして、いつも、そうやって覗《のぞ》きみたいに見ていたのかもしれません」

――死者に怒っても仕方がないが、やはり許せない――

季蔵はこめかみに青い筋を浮き上がらせた。

「まさか、瑠璃の方も前から相手に気がついていて――」

――だとしたら、片想いなどではないのかも――

心の中でどっと不安が頭をもたげてきた。

――これは嫉妬《しっと》だな。わたしは店が忙しく、滅多に会いには来られない。その点、恋の虜《とりこ》になっていた要三さんなら足しげく通いもしたろう――

「そんなことありません、絶対。もし、そうだとしたら、虎吉はあんなことしやしませんよ」

「虎吉が何を？」

「虎吉は垣根から覗いている要三さんを襲って腕に嚙み付いたんです。驚いた相手は振り落とそうともせず、虎吉はしばらくぶらさがってましたから、猫にしては相当、酷《ひど》い傷を負わせたはずです。自業自得とはこのことです」

お涼はさばさばと言ってのけたが、

――猫好きの要三さんは襲ってきた猫でも、振り落とすことなどできはしなかったのだろう――

季蔵には痛みに耐えながら、太い眉《まゆ》をへの字に曲げて、おかしな泣き顔になっている要三の顔が見えるような気がした。

――猫好きさではわたしは負けている――

「亡くなったと聞いてお気の毒ですが、あの時の虎吉はやっぱり、お手柄だと思います」

「居合わせた瑠璃は、その後、ますます虎吉を遠ざけたのでは？」

――だとしたら、お涼さんが知らないだけで、瑠璃は要三さんと垣根を隔てて、目と目を合わせていても不思議はない――

「いいえ、そんなことはありませんよ。瑠璃さんが邪険にするのではなくて、虎吉の方がご機嫌の悪さを察しているようにも見えます。生きものは賢いですね。瑠璃さんも、いずれは、虎吉の忠義がわかって前のように可愛がってほしいわ」

お涼の言葉に頷いた季蔵は、

「それでは褒美に、何か虎吉のために拵えてやらねばなりませんね」

座敷へ戻り、変わらず、要三のために祈り続けているかのように見える瑠璃に対して、返ってこないとわかっていても、

「瑠璃」

言葉を掛けずにはいられなかった。


厨には竹籠《たけかご》に詰まったアワビが届けられていた。

「そちらでアワビをいただいてきてからというもの、旦那様がアワビを切らすなとおっしゃるものですから。でも、あたしは料理下手なので、お造りか、網焼きぐらいしかできないんですよ」

お涼は謙遜《けんそん》したが、日々、食通の烏谷を迎えるとあっては、なかなかの腕前なのは言うまでもなかった。

「虎吉の褒美はアワビ粥《がゆ》にしてみようと思います」

季蔵はにゃあ屋で作られていたアワビ粥の話をした。

「聞くだけで美味《おい》しそう。きっと瑠璃さんもお好きですよ。旦那様には〆のお茶漬け代わりかもしれませんけど」

こうして、お涼の見守る中、季蔵はアワビ粥を作り上げた。

「とりあえずは虎吉の分だけです。猫は猫舌なのでよく冷まして食べさせてください。にゃあ屋さんのように売り物で、大勢に届けるのでなければ、粥は一人分ずつ、このように土鍋《どなべ》で炊《た》くのが一番です。相手を想って相手のためだけに、丁寧に炊きあげるからこそ、どんな粥でも美味しいのですから――」

ここで季蔵は言葉を止めた。

こみあげてくるものに逆らい難くなったのである。

「湯気が目に沁《し》みて――」

あわてて拳で両目をこすると、

「あら、あたしも」

お涼が片袖を目に当ててつきあってくれた。

虎吉はにゃあ、にゃあと鳴いて厨に入ってきたが、座敷はしんと静まり返ったままである。この時、季蔵はどう仕様もなく切ない瑠璃との距離を感じた。

瑠璃の魂がふわふわと、自分の手の届かないところへ彷徨《さまよ》い出てしまっているような気がしてならない。

「瑠璃を頼むぞ、虎吉」

季蔵が呟くと、虎吉はにゃーおとその名の通り、雌猫《めすねこ》らしからぬ勇ましい鳴き声をあげた。

三

翌日、おき玖がさっそく実家《さと》である塩梅屋を訪れた。

「昨日はすみませんでした。どうしても、気にかかることがあったものですから」

「あんなところで季蔵さんに会えるとは思ってもみなかったわ。急いでたんでぴんとはきたけどね」

おき玖は片目をつぶって見せて、

「瑠璃さんに贈る、何かいいもの、あったんでしょ？　あそこはそこそこの値で洒落たものがあるのよね」

季蔵が横田屋に瑠璃の物をもとめに行ったのだと信じて疑っていない様子であった。

――ここはそういうことにしておこう――

「そのように聞いて出かけてみたのですが、目移りするばかりで。男は駄目ですね、女の瑠璃が好きそうなものが何かなんて、見当もつきませんでした。そのうちに、三吉《さんきち》一人に任せている店の方が心配になったんです」

「毎日、アワビ昼餉をやってるんですもの、大変よね。そういえば、あたし、アワビの黒造りは届けてもらったけど、まだ評判のアワビのお刺身と骨董飯《こっとうめし》、食べさせてもらってないわよ」

「そうでしたね、今、すぐ支度をします」

箸を手にしたおき玖は、

「さすがに市中で大評判になってるだけのことはあるわね。今やいろんな店が真似《まね》たり、長屋のおかみさんたちまで、一つのアワビを分け合って、家々で各々骨董飯を炊き上げ、亭主や子どもたちに食べさせるようになってるのよ」

「来ていただいたお客様にこれをお配りいただいてるので、そのおかげだと思います」

季蔵はそばにあった、アワビ料理の作り方が書かれている何枚もの紙を指差した。これは前に烏谷が考えついた、誰でも何とか手の届く美味しい料理を流行らす手段であった。

「どうか、蔵之進様にもおいでくださるようお伝えください」

「それがねえ、このところ忙しいらしいのよ、身体《からだ》を壊さないといいけど」

おき玖は軽く眉を寄せた。

「食べ物は身体の源ゆえ、お嬢さんがしばらくここへ来なかったのは、旦那様を案じて料理に精進していたからだったのですね。幸せの証《あかし》でもあるんで、亡くなったとっつぁんとも、何よりのご馳走《ちそう》です」

季蔵は温かく微笑《ほほえ》んだ。

「あら、やだ」

おき玖は真っ赤になって、

「季蔵さんこそ、瑠璃さんを喜ばせるために横田屋まで足を向けてたじゃないの」

きまりの悪さから口先ではやり返したが、口元も表情も柔らかくほどけていて、季蔵の指摘が図星だとわかった。

「瑠璃ならあそこの何を喜ぶと思います？」

季蔵は初めに合わせた話の続きをした。

「そうねえ、信玄袋なんだろうけど、柄や生地に好みがあるし――。練り香も悪くはないけど、香りも好き嫌いがあるから、自分で選ばなきゃ、駄目。生まれたての天女みたいに、とっても楚々《そそ》と綺麗《きれい》な瑠璃さんには、紙かんざしかな、やっぱり」

「あれは女の子が通りを母親と歩いていて、ねだって買ってもらう玩具《がんぐ》なのでは？」

季蔵が首をかしげると、

「普通っていうか、今までの紙かんざしはその通りよ。でも、横田屋で売られてるのは、紙も針金も吟味されたものを使ってて、安っぽく見えないよう、作りにも凝って丁寧で、かなり見栄えがいいのよ。値は子どもの玩具の倍ぐらいするけど、これなら、ちょっと出かけたりする時にも差していっておかしくない。瑠璃さんみたいな素敵な人が差してたら、誰でも振り返らずにはいられないでしょうね。今なら菊や山茶花《さざんか》の花の紙かんざしがお勧めよ、とにかく、とっても新鮮で華やか――これなら何本あってもいいわ」

おき玖の目はきらきらと輝いている。

「お嬢さんにもお似合いかと思います」

季蔵はおき玖の目当てもまた、この紙かんざしだろうと察した。

「実はあたし、毎月新しく出るこの紙かんざしを集めてるのよ。引き札を見ると買いに行かずにはいられない――。なのに、うちの旦那様、あたしがかんざしを替えても、ちっとも気がついてくれないの。料理は褒めてくれるんだけど――」

おき玖はふうとため息をついて、

「やっぱり、男は食べ物なのね」

言い切ったとたん、

「おいらもそう思うよ」

居合わせていた三吉が相づちを打った。

「そうよね、こうなったらあたし、旦那様の胃の腑《ふ》を鷲《わし》づかみにするような料理を拵えるわ、絶対」

おき玖は形のいい唇をきりりと引き結んで決意の程を示した。

「先ほど、蔵之進様はお嬢さんの料理を褒めると聞いたばかりですが――」

季蔵はまた首を傾けた。

「そこそこ、あたしの機嫌を取って褒めてるのよ。それがわかってるんで、ちょっと口惜《くや》しいの。まあ、おとっつぁんが生きてたら、〝そいつは女房の意地だよ〟なんて言って、笑うでしょうね。ねえ、何か思いつかない？　季蔵さん」

おき玖は真剣そのものの表情であった。

「アワビ料理は駄目ですか？」

季蔵はアワビ料理の作り方が書かれている紙の束の方を見た。

「町奉行所与力だった旦那様のお養父《とう》さんって、信念の人だったでしょ。で、犯した罪は憎んで、どこまでも詮議《せんぎ》は続けるものの、罪を認めた罪人は憎まずのたいそうな人情家でもあったでしょ。だから首を打たれる前の罪人が、これだけは死ぬ前に食べたいというものを、手ずから拵えて食べさせてたんですって。処刑される罪人たちが食べておかなければ、あの世で思い残すだろう一番は、アワビだったそうよ。なもんだから、アワビ料理はそばで見聞きしてた旦那様までくわしいのよ。変わったところじゃ、奥州の出の罪人が、いい死に土産《みやげ》になるって言って喜んだっていうアワビのとろろ汁」

「アワビのとろろ汁？　いったいどんなものです？」

咄嗟に季蔵は訊いていた。

アワビの身の肉感と、箸で啜《すす》り込むようにして食するとろろの食感が結びつかない。

「塩で硬く締めたアワビの身を下ろし金で擂《す》り下ろし、同量のとろろと合わせるんだって」

「なるほど。アワビの身を擂り下ろすのか。そこまでは思いつかなかったな」

季蔵ははっとして、

——もしかして、これならアワビの種類を問わずに、生で旨味《うまみ》が引き出せるかもしれない。胆《きも》も少量、擂り入れてもよさそうだ。きっとこれは極上の肴《さかな》になる——

知らずとにやりと笑ったせいだろう、

「だからアワビは駄目なのよ。他のもので何かないかしら？」

おき玖に催促される羽目になった。

「うーむ」

両腕を組み合わせた季蔵は、

「まずは一度、お嬢さんの頭から、蔵之進様や亡くなった真右衛門《しんえもん》様の年季が入ったアワビ料理と闘おう、向こうを張る料理でなければならないという、切羽詰まった想いを追い出してみてください。今からわたしもそうしてみます」

しばし瞑目し、おき玖もそれに倣った。

「離れの木箱とあたしが何度もツギを当てた座布団が見えたわ」

塩梅屋には熟柿《ずくし》という、市中の誰もの垂涎《すいぜん》の的になっていた柿菓子がある。

これは先代が美濃《みの》から取り寄せた美濃柿の木の一本から始まった。これを育てて、実る渋柿を、年寄りばかりの太郎兵衛《たろべえ》長屋の人数分と、それに味見に必要な数個だけを加えた数を収穫する。残りは冬に向けて生き抜く力を蓄えなければならない、鳥たちのものだというのが先代長次郎の考えであった。

採った柿の実を木箱に入れて座布団で保温し、離れに置いて、とろりと口の中で溶ける絶妙の甘さと風味、食感が、信心深く高潔な古代の王が貧者たちに与えたという、菴摩羅《あんもら》果《か》（マンゴー）に近づくまで、熟成を待って熟柿に出来上がる。

「木箱や座布団が台無しにされた後、何度もその無残な様子を夢に見たんだけど、このところその夢、見なくなってた。熟柿が出来てた時と変わらない木箱や座布団の様子が目に浮かんだのは、今が初めてかもしれないわ」

おき玖はやや感傷的な物言いをした。

熟柿を作るために長く使われてきた木箱と座布団が、熟成されつつあった中の柿と一緒に盗まれ、ゴミのような扱いで放《ほう》り出されて見つかったのは、一昨年《おととし》のことであった。

四

「熟柿が台無しにされた一昨年は代わりに干し柿を太郎兵衛長屋に届けました」

「そうだったわよね」

そのあま干し柿は蔵之進の役宅の向いの家からたわわに実った渋柿を貰《もら》い受け、季蔵も力を貸して拵えたものであった。

「蔵之進様はご自分のところにある生をそのまま食べて美味しい甘柿も、渋柿でなければ美味《うま》くできない干し柿も、柿と名のつくものであればどちらもお好きなはずです。柿を工夫した料理や菓子では駄目なのですか？」

「好きなものは極めてるものでしょ、アワビと一緒よ。表向きは喜んだり、褒めたりしてくれるでしょうけど、おおっていう感動はないと思うのね。これ、知る人ぞ知る料理の達人、塩梅屋長次郎の娘としては口惜しいのよね、亭主の胃の腑さえ、感動で震えさせられないのかって――」

おき玖は真剣そのものの表情をしている。

──その意地、わからないでもないな──

「昨年は、新しい木箱と座布団で作った熟柿を太郎兵衛長屋に届けました。皆さん、喜んでくれましたが、以前のあの木箱と座布団で作ったものには及びませんでした」

「でも、熟柿はできたわけだし──。今年は、もっといいのができるかもしれないじゃない」

おき玖が言い放つと、

「お嬢さん」

季蔵はやや苦い微笑《ほほえ》みを浮かべて、

「わたしが今年も、熟柿らしきものを作ったとしたら、それを蔵之進様に召し上がってもらうつもりでは？」

「味見用の数個のうちの一つは、あたしが食べさせて貰えるのが決まりだったでしょう？それをあたしの代わりに旦那様に味わってもらおうと、今、閃《ひらめ》いたのよね。そもそもが柿好きの旦那様は、前から、ここの熟柿の話になると、目の色を変えてたから、きっとものの凄く喜んで貰える。だって、どんなお大尽がどんなにお金を積んでも、口にできない美味なんですもの」

おき玖は確信してしまっていた。

「全く感心しません。あまりに安直すぎる案です。わたしが今年こそと熟柿に挑戦したとして、とっつぁんと同じ味には仕上がらず、舌の肥えた蔵之進様をおおっと言わせられるか、どうかわからないのですよ。菴摩羅果と称される熟柿と、熟れすぎの柿は紙一重です」

いつになく強い季蔵の物言いに、おき玖はしょんぼりと肩を落とした。

「蔵之進様のためにも、わたしや熟柿に頼らないで、ご自分でもたっぷりと汗を掻《か》いてほしいものです」

「あら、ここの美濃柿の木に登って、柿の実を落とす役目は果たすつもりでいたのよ」

「お嬢さんは嫁がれ、熟柿のための柿採りはもうわたしの役目です」

身軽でお転婆なおき玖は木登りが上手《うま》く、長次郎と二人で熟柿を拵えていた頃から、柿の実採りはお手の物であったが、蔵之進の妻となってからは季蔵が引き継いだ。いずれはおき玖も母となる身で、知らずと身籠《みご》もっていながら、登った木から落ちでもしたら大事であった。

「まだあたし、おっかさんにはなりそうもないから、木登りは大丈夫よ」

あっけらかんとおき玖は洩らした。

「お嬢さんが登っているのは役宅の甘柿の木ですか?」

季蔵は蔵之進の家の見上げるばかりの禅寺丸柿《ぜんじまるがき》の木を目に浮かべて眉を寄せた。

「世間で言われてることを気にしてるのか、あれは旦那様が自分で登って採ってるわ」

「よかった」

「だけど、あたしには、今、気掛かりなことがあるのよ、無花果《いちじく》」

「無花果？　はて、役宅にあったかな？」

　長崎から伝来した無花果は、蓬莱柿《ほうらいし》、南蛮柿《なんばんがき》、唐柿《とうがき》とも称されている。当初は便秘、痔《じ》、整腸等に効能のある、薬樹としてもたらされた。その後、果実を生食して甘味を楽しむようになり、挿し木で容易にふやせることも手伝って、手間のかからない果樹として、家の庭などにも広く植えられている。

「旦那様のお養父さん、つまりお舅《しゅうと》さんが何年か前に植えてたの。最近、すくすく伸びてるのを見つけて、植木屋さんに聞いて、枝の剪定《せんてい》とかの世話をしてたら、今年の夏からずっとやたら実をつけ続けてるの。正直、美味しいけれど夫婦二人ではとても食べきれず、ご近所に配ってもまだ残って、売るほどあるとはまさにこのことね」

　とうとうおき玖はふうとため息をついた。

「無花果なら鳥が来て食べるでしょう？」

「もちろん。でも、それでも前についた実は腐って落ちるほど実ってるわ。旦那様はそこに無花果なんて無かった頃のことを覚えてて、こんなに突然、無花果が実るようになったのは、あたしたちの幸せを願うお養父さんの魂の計らいであり、元を正せば処刑場の露と消えていった罪人たちへの供養も兼ねてる、一粒たりとも、ゆめゆめ無駄にしたくないって言うのよね。お舅さんが無花果の木の下に立ってて、何かもの言いたげにしてる様子を、夢で何度も見てるんですって。あたし、このところ、旦那様の顔色が優れないのは、そのせいじゃないかとも思うの。この話、何となく、わからないでもないでしょ？　でも、相手が無花果となると、そうそう食べ方に工夫はできないのよ」

おき玖は怖いほど思い詰めた面持ちになった。

——おそらく、お嬢さんだけではなく、蔵之進様も思い詰めているのだ。お嬢さんが蔵之進様を、おおっと言わせることのできる料理や食べ物を考えつきたいのは、深い事情があってのことだった。蔵之進様は無花果の豊作がもたらした、亡き御養父様への想いに、がんじがらめに縛られているのだ。そんな最愛の男《ひと》を、呪縛《じゅばく》から解き放ってやりたいと案じるゆえに、お嬢さんは胃の腑を驚かし、喜ばせる料理をと思い詰めたのだ。何と温かで細やかな妻の心配りだろう——

しみじみと得心した季蔵は、おき玖にややきつ目の物言いをしたことを悔いた。

「たしか無花果は夏果と秋果があって、大きめの夏果は、味噌《みそ》と合わせて田楽で食べると美味しいそうですよ。とっつぁんの日記に書いてありました。尾張《おわり》じゃ、夏至《げし》には欠かせない食べ物だそうです。来年、また実をつけたら必ず試してみてください。味噌の殿堂の尾張仕込みですから、きっとこれは美味しいと思います」

まずは陽気に切り出して、

「あと、今、実ってる秋果は何とか、無駄にしないようにしましょう。まずは、あるだけの実をもぎ取りましょう。お手伝いします」

有無を言わせぬ口調で話を進めた。

「さすが季蔵さん、これぞという無花果料理にも通じてたのね。こんなことなら、くよくよ悩んでないで、熟柿なんて持ち出さず、ずばっとうちの無花果の話をすればよかったわ」

おき玖はほっと息をついて、今日はじめて柔らかな表情になった。

「任せてください」

季蔵は笑顔で請け負ったものの、

──これぞという無花果料理か──

長次郎の日記に書かれていたのは、無花果の田楽のことだけで、さしあたって季蔵が思いつくのは干し無花果だけであった。

──干しアワビだけではなく、干しあんずもあるから、干し無花果もイケるだろうが、果たしてアワビやあんずほど、旨味を残すことや、引き出すことができるだろうか？　できれば、蔵之進様をおおっと言わせつつ、お養父様の霊への孝養にもつなげたい。お嬢さんの内助の功を完璧なものにしなければ──。それには美味しい無花果料理、または無花果菓子でないと──

とはいえ、季蔵はこれといった料理や菓子は何も思いつけず、内心、ひやひやしながら、無花果の実を収穫に行く日をおき玖と決めた。

こうして、背負い籠二人分の無花果が収穫されたが、驚いたことに無花果の枝にはまだ沢山の実が残っていた。

「取りあえずは、今日ので料理か、菓子を考えてみます」

季蔵が請け負うと、

「試作を頼んでいいのね」

おき玖はすっかり安心しきった様子になった。

「あれっ？　無花果ってこんなに実が小さかったっけ？」

塩梅屋に戻った季蔵の背負い籠の中から、三吉がしずく型にぷくっと丸く膨れている無花果を取り出して首をかしげた。

「おまえの言ってるのは、夏果と言って、夏につく無花果の実のことだろう？　無花果の秋果は小さいものだ。まずは、生で食べてみよう」

季蔵は三吉に無花果を縦半分に切らせた。木匙《きさじ》を使って、中の薄桃色の身をすくって食べる。

「この味を言葉にしてごらん」

季蔵が促すと、三吉は無花果の果肉を口に含みつつ、目を閉じて、

「うすぼんやりと甘くて、かすかに鉄のような青い味がする。蜜柑《みかん》みたいに力強い味じゃなくて、そういうとこ、柿に似てる。南蛮柿とかって言われるだけのことはあるよ。あと、歯触りがすべすべしてる柿と違って、ぷちぷち、ぶじゅぶじゅ。これって、無花果ならではの面白い取り柄だと思う。おいら、今、お腹《なか》が空いてて、目の前にこれしかないからいくらでも食べられるけど、饅頭《まんじゅう》や金鍔《きんつば》なんかがあったら、そっちへ勝手に手が伸びちゃうかもしんない」

慎重に応えた。

五

「これをお客様にお出しできる菓子にできると思うか？」

「りん（粉砂糖）掛けにしたら、ぼんやりした甘味がはっきりすると思うんだけど」

「ほう、りんという言葉がおまえの口から出てくるとはな」

季蔵はふふっと笑った。

「嘉月屋《かげつや》さんに教わったんだよ」

季蔵は独自の菓子作りに熱心な嘉月屋嘉助《かすけ》と湯屋で知り合い、いつしか料理や菓子の話をするようになった。話が合うのは、二人とも料理と菓子とを区別せずに、料理の中にも菓子へ応用できるものがあり、その逆も真なりという考えを持ち合っていたからであった。

三吉はどうしてもやり遂げなければならない菓子作りを任された時、季蔵の勧めで嘉月屋で教えを乞《こ》うて以来、持ち前の菓子好きも手伝って、暇をみては嘉助の元を訪れ、菓子作りに触れている。

「それでは、明日は早速おまえにりんを拵えてもらうから、一番鶏《いちばんどり》が鳴く前にここに来てくれ、待ってるから。それから今夜は、りんが生きる無花果菓子を考えること。楽しみにしてるよ」

季蔵にどんと背中を叩《たた》かれた三吉は、

「ええっ？　おいら、ちょっと言ってみただけなんだけどな――」

さすがにもうベソはかかなかったが、困り果てた顔になった。

翌早朝、まだうっすらと暗さの残る中で三吉はりんを作り始めた。

「りんは水と白砂糖だけで出来るんだけど、とってもむずかしいんだ」

三吉はにこりともせずに、緊張した面持ちで鍋に分量の白砂糖と水を入れて、強火にかけて煮溶かした。

季蔵はじっと見守っている。

「ぐつぐつしてきて、細かい泡が出てきてるでしょ。これが大きくなると、鍋のふちに飛び散って焦げるんだよね。だから、こうして、菜箸を動かして、飛び散った泡をこすり落とさなきゃなんないんだ。ちょっとでも油断したら、鍋の中身が茶色くなって、鼈甲飴《べっこうあめ》になっちゃう。あの焦げたお砂糖の味も美味しいけど、真っ白に仕上げなければならないりんとは別物、似ても似つかない――」

「嘉月屋さんでりん作りに失敗して、ずいぶん沢山鼈甲飴を拵えたんだろうな」

呟いた季蔵に、

「そうなんだけど」

応えつつ、三吉は鍋を火から下ろし、用意してあった井戸水を張った盥《たらい》に浸《つ》けて一気に冷ますと、七、八本を束ねた竹箸でぐるぐると手早くかき混ぜた。

「もう、失敗はしないよ」

やがて束ねた竹箸が雪のように白い粒々を作り出していく。

その粒々を当たり鉢に移し、当たり棒で細かくすりつぶす。

当たり棒でつぶしたものを、篩《ふるい》にかけて粉末にする。篩に残ったものは、再び当たり鉢に移し、当たり棒で当たってからまた篩にかける。

「これでりんの出来上がりっ!!」

三吉はしっとりと滑らかに出来上がったりんを満足そうに見つめた。

「これを無花果にどう使う？」

季蔵が先を促した。

「昨日、ちょろっと言った通り、まずはりん掛け」

三吉は無花果の皮を剝《む》いてくし形に切り揃えると、小鍋にりんを入れ、水を少々加えてさっと火にかけ、篦《へら》で柔らかく煉るとくし形の無花果にかけていった。

三吉と一緒に季蔵は出来たてを試食した。

「いいね、上品な味だ」

砂糖衣の下で無花果のふんわりとした独特の風味が感じられる。

「よかった」

三吉はほっと息を吐いた。

それから半刻（約一時間）ほど過ぎて、

「おはようっ、やっぱり、思った通り、もう始めてたのね」

戸口でおき玖の声がした。

「早いですね」

迎えた季蔵に、

「あたしだって、少しは汗を掻かないとね」

おき玖は手早く赤い襷《たすき》を掛けて、

「あら、でも、ちょうどいいとこに来ちゃったみたい」

出来上がって、皿に盛りつけられている無花果のりん掛けを見た。

「食べてみてください」

三吉は自信たっぷりに勧めた。

「ありがとう」

おき玖はまだ少し熱い無花果のりん掛けに手を伸ばした。

「わあっ、この白いお砂糖、すべすべで美味しいっ」

これが第一声であった。

「無花果との相性はいかがです？」

季蔵が訊くと、

「悪くはないけど、お砂糖の味が際立ってて、無花果の方はぶつぶつの食感がいいわ」

おき玖が応えた。

「やっぱり、無花果ってぷちぷち、ぶちゅぶちゅなだけなのかな」

不安そうに口に放り込んだ三吉は、

「これって、うーん」

いつになく塞《ふさ》ぎ込んでしまった。

季蔵は無花果のりん掛けがすっかり冷めていると感じながら、もう一度試食すると、

――なるほどな――

作りたてとは味が変わってしまっていることに気がついた。

「どうやら、無花果のりん掛けは冷めると、無花果の風味が薄くなるようだ」

「あら、でも、りん掛けってたいてい、冷めても美味しいお菓子よね。昔、おとっつぁんが拵えてくれた、真桑瓜《まくわうり》や葡萄《ぶどう》のりん掛けなんて、井戸でキンキンに冷やして食べさせてくれたわ」

おき玖は無邪気に幼い頃の話を引き合いに出しただけだったが、

「おいらの考えついたこと、駄目だったんだね」

三吉には堪えた様子であった。

「そうでもないぞ」

これだと閃いた季蔵は、

「ここにある無花果の中で、とびきり小さな実を十個ばかり選んで洗い、皮を剝いてくれ」

三吉に頼むと、

「あたしも手伝うわ」

おき玖も山積みの無花果に目を凝らした。

この間に季蔵は葛《くず》を当たり鉢で当たり、篩にかけた葛粉と深鍋に油を用意した。

皮が剝かれた小さな無花果の実に葛粉をまぶし、油で揚げていく。油から引き上げると、
三吉が拵えた、りんを篩にかけながら、揚げ無花果の上にかける。

「さあ、どうぞ」

季蔵は揚げ無花果を小皿に載せ、菓子楊枝を添えると、まずはおき玖に渡して、三吉には、

「かぶりつくと火傷《やけど》をするから、楊枝で崩して食べろよ」

注意を怠らなかった。

「あら、無花果ってこんなに味が深くて濃かったかしら、美味しい」

おき玖が歓声を上げると、

「ほんとだ、程よくかかってるりんが邪魔になってないし――」

目を瞠《みは》った三吉を、

「何？　三吉ちゃんらしくない、その大人びた言い方、季蔵さんの真似？」

ぷっと吹き出した。

最後に味わった季蔵は、

「無花果の風味はあまりに繊細なので、加えられる熱や砂糖に左右されやすいのだと思い

ます。今は揚げたてを美味しく食べてもらいましたが、冷めてから、もう一度食べてみましょう」

こうして三人は、四半刻（約三十分）ほど過ぎて、すっかり冷めた揚げ無花果をまた試食した。

「そうねえ」

おき玖は首をかしげかけて、

「冷めた天麩羅《てんぷら》と一緒でさっきの揚げたてとは違うわ」

曖昧《あいまい》な物言いをし、三吉は、

「でもさ、同じ冷めたものでも生の無花果にりん掛けしたものより揚げた無花果にりん掛けしたものの方が、ずっとましだと思う。揚げ饅頭が冷めても、そんなに不味《まず》くないのと同じじゃないのかな？」

はっきりと言い切りつつ、季蔵に同意をもとめた。

「それは油が無花果の風味を逃がさず、閉じ込めてくれているからだろうな」

三吉に応えた季蔵は、

「さて、この揚げ無花果で蔵之進様におおっと、感動してもらえるものでしょうか？」

おき玖に訊いた。

「旦那様、実は猫ほどじゃないけど、熱い食べ物に弱いのよね。どんなものでも、そこそこ冷まして食べるの。そうなると――」

おき玖はすまなそうに俯《うつむ》いた。

「それでは揚げ無花果では駄目ですね。さて、また一から出直しです」

威勢よく言ったつもりだったが、

「ごめんなさい、ほんとうに」

申し訳なさそうに、俯いたままでいるおき玖を尻目《しりめ》に、

「鍋に赤味噌と砂糖、酒、味醂《みりん》を入れて、田楽味噌を拵えてくれ」

季蔵は三吉に指示した。

六

「とっつぁんが折り紙を付けた、尾張の無花果田楽を作ってみようと思います。これにはなるべく、夏果に近い大きな実を使います」

季蔵は秋果の中では大粒で、やや固めの無花果を選ぶと、縦半分に切り、平らになるように底の部分を少し切った。

鍋に田楽味噌の材料を入れ、三吉がじっくりと弱火で煉り上げた。

無花果各々に、この田楽味噌をぬり、ぱらぱらとけしの実をのせて、七輪にかけた丸網の上で、身がしんなりして、田楽味噌にほどよく焦げ目がつくまで焼く。

この時、季蔵は時季外れではあったが、まだ枯れ落ちてはいない山椒《さんしょう》の葉（木の芽）も、けしの実と一緒にのせて、独特の風味を添えてみた。

試食したおき玖は、

「お味噌の強引な味一辺倒じゃないかって思ってたけど、そうでもないのね。むしろ強い味噌味が、茄子《なす》の田楽とは一味違った、無花果ならではの典雅な甘さ、美味しさを引き出してる感じ」

すっかり感心し、

「これって、力があって、とことん後を引く味だよね」

三吉が相づちを打った。

「ただし、自分で添えておきながら言うのもおかしいのかもしれませんが、田楽味噌にぴったりの山椒の香りが、今の時季には不似合いかもしれません」

季蔵がふと洩らすと、

「夏至の頃に食べるんだものね。それを言うなら、大粒といっても所詮《しょせん》は秋果だから、やっぱり実が小さすぎるわ」

「おいら、どーんと大きな夏果に田楽味噌をたっぷり塗って、木の芽を目一杯香らせて、じゃんじゃん食べてみたいな。松次親分ならきっと、甘酒を合わせるよ」

おき玖と三吉はそれぞれ思うところを口にした。

「たしかにこれでは、秋ならではの無花果使いになっていません。どうしたものか——」

季蔵が首をかしげると、

「それでも、りん掛けや揚げよりはずっと、無花果の味が印象に残るし、何よりお箸が進むわ」

「おいらもそう思う。いっそ、木の芽をのせるの、止《や》めたらどうかな？　そうすりゃ、一気に春夏風でなくなるよ」

「それで秋を主張するっていうのはいただけない、駄目よ、木の芽あっての田楽味噌だもの。木の芽を抜いたら、ただの味噌漬けのタレがかかってるだけになっちゃって、無花果の風味も生かされず、典雅さとも無縁になるわよ」

「そっかぁ——、何かいい案ないかなぁ、ちっとも思いつかないなぁ」

二人は話に出口がなくなり、互いに困惑した顔を見合わせた。

一方の季蔵は、

「先ほど、りん掛けや揚げより、田楽無花果の方が美味しいと言いましたね」

おき玖に念を押した。

「何もりん掛けや揚げが不味いってわけじゃないのよ。お味噌の独特な濃い味が、無花果の薄めで繊細な味を壊しはしないんだなって、感じ入っただけのことで——」

「ならば、その味噌を使って、ここにある無花果の秋果を全部煮てみようと思います」

季蔵は言い放った。

「ええっ？　無花果の味噌煮ってこと？　鯖《さば》みたいに煮ちゃうの？」

三吉は仰天して矢継ぎ早に疑問を口にしたが、

「大丈夫、季蔵さんのすることだもの——」

おき玖は大きく頷いて成り行きを見守った。

当の季蔵は次々と無花果の茎の先を切り落とし、皮付きのまま、大鍋に入れて水をひたひたに加えて竈《かまど》にかけた。

一煮立ちしたら火から下ろして、盥の冷水に落として灰汁《あく》を抜く。

水と白砂糖を入れて煮溶かし、一度冷ましてから灰汁抜きした無花果を入れ、ことこと弱火で四半刻ほど煮る。

煮汁が煮詰まる寸前に黒砂糖と水を適量加え、さらに弱火で六百数え終えるまで煮る。

汁が煮詰まってきたところで、とっておきの灘の酒を入れ、弱火で煮て、百八十数えて火を止め、ちょうど手元にあった柚子《ゆず》の絞り汁数個分と、田楽味噌少量で仕上げる。

「梅干しか、煮あんずみたいになるんだわね」

おき玖が呟いた。

「姿はよくないけど、これって、たぶん見かけじゃなくて、味なんだよね――」

三吉は不安そうに洩らした。

煮汁は鍋の底を被う程度に残されている。

粗熱がとれたところで、

「これの入る小さな瓶《かめ》を十五ばかり、離れの納戸から探してきてくれ。塩辛を入れたのよりも、かなり大ぶりを頼む」

季蔵は三吉に指示した。

　こうして、田楽味噌が隠し味になっている、無花果の甘露煮が、残りの煮汁と一緒に蓋《ふた》付きの瓶十五個におさまった。

「このまま、二、三日置くと、味が熟れてもっと美味しくなるはずですが、今はしっかり冷めたところで食べてみてください。これからは寒くなるので、土間にでも置けば春まで持たせることができそうです。重宝でしょう？　このようにまだ枝に残っている秋果もこのように煮ておけば、蔵之進様の望み通り、無花果が無駄にならず、お養父様の供養にもなります」

　小瓶に収まった無花果の甘露煮は、もともと小粒だったせいで、手で摘《つま》んで口に入れても、頰張《ほおば》る必要などなく、口の中で転がしてすんなりと喉《のど》を通りそうであった。

「そろそろ、いいかしら？」

　充分に冷めたところで、おき玖は菓子楊枝で、三吉は指で摘んだ。

　賞味したおき玖は、

「口の中でころころしてたのよ。よく染みた味が少しずつ口の中に広がって楽しい。最後は無花果の味になるのね。そこで嚙んでゆっくりと呑み込むのよね。まるで不思議な飴みたい。飴と違って柔らかいけど。こんな飴もあっていいんじゃない？　お酒にも合いそうだし、うちの旦那様のおおっはこれでもう間違いないわ」

　無邪気に、にこにこと笑った。

「それを言うなら、腹に溜《た》まる飴だと思うけど――」

三吉はまた、一つ、二つと指で摘んだ。

「今のそれ、飴っていう呼び方、いいですね」

季蔵も笑顔である。

「無花果の甘露煮よりも、〝これはいったい、何だろう?〟っていう興味がそそられます」

「無花果飴? 面白みがあってたしかにいいわね」

「うちではお嬢さんの名をいただいて、おき玖飴と呼びたいと思います。出来上がった幾つかを太郎兵衛長屋に届けたいと、お嬢さんに今、ここでお願いするつもりだからです。先代と太郎兵衛長屋は、熟柿を通して深い絆《きずな》で結ばれていました。そんな太郎兵衛長屋の人たちにとって、先代の血を引くお嬢さんゆかりのおき玖飴は、たとえ熟柿ではなくとも、嬉《うれ》しさもひとしおだと思うからです。よろしいでしょう?」

「おき玖飴だなんて——、照れ臭いけど、おとっつぁんの供養にもなるし、仕方がないわね」

おき玖はやや顔を赤らめて渋々頷いた。

それから何日かの塩梅屋は、早朝からおき玖飴作りで過ぎた。

そんなある日、

「邪魔をするぞ」

珍しく烏谷が昼過ぎに戸口を開けた。

「離れでお休みになってください」

季蔵と烏谷は離れで向かい合った。

「話しておかねばならぬことがある」

烏谷は声を低めて、縁側と戸口に目を光らせた。

食い道楽の烏谷が料理を目当ての一つとせず、昼間または夜間に突然、塩梅屋を訪ねてきたり、季蔵を呼び出すのは、裏の仕事と関わって、よほど緊急な時であった。

たいていは決められた茶屋の二階なのだが、使いを走らせるのさえも、気が急《せ》いてもどかしく、こうして、ひょいと姿を見せることもあった。

「井本屋《いもとや》敏右衛門《としえもん》と玉木藩のことだ」

烏谷は切りだした。

「どうか、お話しください」

季蔵は依然として、敏右衛門の富助《とみすけ》殺しに疑念を抱いていた。

「敏右衛門は脅しの文に踊らされ、井本屋が握っている鮑玉《あわびだま》の利権を、命の恩人の富助が恩に着せて奪おうとしていると思い込み、やむなく殺したと言い残して刑死した。妻も子も、遠い親類さえも見当たらない敏右衛門が、何でここまで思い詰めたのかと、そちは疑問を口にしたな？」

「はい」

「その疑問はわしにもあった。ただし、それは井本屋がただの商人だったとしてのことだ」

「ただの商人ではないとおっしゃると？」

　季蔵は首をかしげた。今はまだ、烏谷の言わんとしていることがわからずにいた。

七

「アワビは玉木《たまき》藩だけで獲《と》れるものではない。この日の本の津々浦々の海で獲れる。ゆえに鮑玉も特定の地で採れる琅玕《ろうかん》（翡《ひ》翠《すい》）等と異なって、玉木藩だけの特産ではあり得ない。ところが他藩では鮑玉はお上への献上品のみで、特産品として、玉木藩のように密《ひそ》かに南蛮に売っているという話は聞かない。考えてみれば、全くもっておかしな話ではないか？」

「たしかに」

　――玉木藩の領内の海でだけ、売るほど鮑玉が出るはずはないな――

「他藩でも、献上品以外の鮑玉は採れていると思う。はて、これらはいったい、どこに消えたのだろうか？」

　烏谷は季蔵を試す目つきになった。

「玉木藩のお墨付きがあってこそ、鮑玉が価値ある逸品として、取り引きされるのではないかと思います」

「他藩の鮑玉も玉木藩の海から採ったものとして、偽られて売られていると言うのだな」

「はい」

　――そうなると、たしかにお奉行様のおっしゃる通り、井本屋敏右衛門はただの商人ではない。高価な鮑玉の日の本一の元締めということになるのだから。そして、黒幕である玉木藩の御用商人というよりも、傀儡《かいらい》商人というべきだろう。この秘密は誰にも知られてはならず、知られて役目をしくじれば、国許《くにもと》からの刺客によって死の制裁が加えられるとわかっていて、富助殺しを断行したのだろう――

「そちは、今、己がどれだけ大胆に、お上を欺く不届き千万を差しているか、わかっているのだろうな?」

烏谷はどんぐり眼《まなこ》にぎらりと刀の切っ先のような鋭い光を宿らせた。

「ええ」

季蔵はたじろがず、

――わたしを試して言わせた事実を、お奉行様はとっくにご存じだ――

「お奉行様は鮑玉にまつわる欺きをどのようにしてお知りになったのですか?」

訊かずにはいられなかった。

「やはり来たな」

烏谷はにやりと笑って、

「実は渡り中間《ちゅうげん》の要三の住み処をあれからくまなく調べた。こんなものが押し入れの行李《こうり》から出てきた」

烏谷は文の書かれた数枚の紙を取り出して並べた。

「これは――」

季蔵は危うくあっと叫びそうになった。

それらは驚いたことに、井本屋に何者かから届けられていたという、富助のありもしない、途方もない野心について、扇情的に書かれていた文とほぼ同じだった。

文には書き損ないが見受けられた。

「どうやら、こちらは下書きのようだ。井本屋に届いていたものと照らし合わせ、奉行所が同じ者の筆だと断じた。敏右衛門を巧みに操って、富助を殺させたのは要三の仕業だったということになる」

「このようなことをしても要三さんには何の得もありません。要三さんは金子を積まれ、誰かに頼まれて請け負っただけのはずです」

「むろんそうだ。それで要三が渡り歩いた大名家について多少、調べてみた。どの藩も海に面していてアワビが獲れることがわかった。鮑玉も採れて、お上にも献上している。玉木藩の御用商人にして、諸国の鮑玉を一手にしきっている井本屋を潰《つぶ》せば、莫大《ばくだい》な利を得ることができると、絡繰《からく》りを知っている他藩が企まないとも限らない」

この時、季蔵は残されていた要三の日記を頭に浮かべた。

――中村《なかむら》藩　内田《うちだ》藩　井脇《いわき》藩　上野《うえの》藩　花木《はなき》藩　玉木藩　忠岡《ただおか》藩　村越《むらこし》藩　三《みっ》ケ日《び》藩
――

要三が仕えた藩の大名家で弱みや秘密を摑んで、強請《ゆす》っていたのではないかと思われる一覧であった。大名家への介入が不可である事情に基づく、町奉行所への揶揄《やゆ》じみた目眩《めくら》ましのようにも見えた。

「お奉行様はあそこに記されていた、玉木藩以外の大名のいずれかが、日の本一の鮑玉の元締めの座を狙い、要三を使って敏右衛門にゆさぶりをかけて富助を殺させて、これを奉行所に暴かせた挙げ句、仕上げに要三の口を封じたとお考えなのですね」

「まあ、それも考えられるだろう?」

「しかし、井本屋は屋号を変えただけで、奉公人はそのまま、西国訛りの強い者が主になって、今まで通り、表向きは両替の商いをしていると聞いています。他藩の影などどこにもありません。玉木藩と結んでの美味しい鮑玉商いは安泰です」

季蔵の言葉に、

「そこが何とも妙でならない」

烏谷はわざと大袈裟《おおげさ》に首をかしげ、うーんと唸《うな》って両腕を組んで見せた。

「政《まつりごと》を司るお上の方々がいつの頃からか、秘密裏に、玉木藩だけに格別な計らいをしているようにも感じられます」

季蔵はしらっと思ったままを口にした。

「滅多なことを言うでないぞ」

烏谷は瞬時に大声こそ上げたが、

「まあ、政というのはとかく、そのようなものであろう」

同調している証にふんと鼻先で笑った。

—ただし、富助さん、要三さんが殺され、井本屋敏右衛門は刑死させられました。三人を死なせた下手人は、捕らえられるべきだとわたしは思います。どうか、この奸智《かんち》に長《た》けた下手人を追わせてください」

季蔵が言い切り、烏谷は無言で大きく頷くと、

「先ほど戸口に立った時、何やら、甘く、濃く、切ないほどよい匂いが漂ってきていたがな」

締め括《くく》る代わりに話を転じた。

季蔵は笑顔を向けて、三吉を呼ぶと、ずっしりとおき玖飴の詰まった瓶を風呂敷《ふろしき》で包ませた。

翌朝、季蔵はお笛《ふえ》を訪ねようと、店へ出る前に小田原《おだわら》町へと向かった。

——気丈なお笛さんのことだ、坊やを支えに商いを精一杯頑張っていることだろう——

季蔵はお笛がまだ知り得ていない真実を告げるつもりでいた。富助に直に手を下したのは井本屋敏右衛門でも、文で追い詰めていたのは渡り中間だった要三であること、その要三も自害を装わされて殺され、真の下手人はどこかでまだ笑っているに違いないと——。

——今更、お笛さんに辛い出来事を思い出せるのは酷かもしれないが、あの気性ならきっと真の下手人に縄をかけたいはずだ。今はあの時の動揺がおさまっているだろうから、冷静になっていて、手掛かりになる、何か不審な出来事を思い出してくれるかもしれない

——

季蔵は捕り物のために、田端《たばた》や松次《まつじ》たちと身を潜めていた海産物屋の前に立った。〝諸事情により店仕舞いとさせていただきます〟と書かれた貼紙《はりがみ》が、戸口でひらひらと風に舞っている。

――おそらくお笛さんは敏右衛門が刑死すると、張っていた気がどっと緩んで、亭主の富助さんを亡くした悲しさだけが募ったのだろう。そして、思い出のあるこの店に留まって、商いを続けることができなくなったのだ――

季蔵は真の下手人探しの手掛かりのためとはいえ、まだ何か関わる話を訊こうとした己の無遠慮さを恥じた。

――他の手掛かりを探そう――

とはいえ、これといった目星のつかないまま、踵《きびす》を返して歩き出そうとすると、

「あんた、ここの身内かい？」

隣の搗米屋《つきごめや》のおかみさんに声をかけられた。隣りからは亭主が米を搗《つ》く音が聞こえてきている。豊満な大年増のおかみさんは話し好きのように見えた。

「ええ、まあ」

――富助さんたちの近くにいたこの女が、何か見たり、聞いたりしていることもあるだろう――

「お笛さん、御亭主だけじゃなしに、続いて赤ん坊まで亡くして大変だったねえ」

――そうだったのか――

「たけとねえ、あの女、とびっきり変わってたんだよね」

「富助さんの時もそうだったけど、お通夜も野辺送りもなしなんだよ。大八車に乗せて、どっかのお寺に運んでお仕舞い。赤ん坊の時なんて、小さくて大八車は要らないだろうけど、誰の姿も目にしなかった。報《しら》せてくれりゃ、線香の一本ぐらいあげてやれたのに」

――あれほどお笛さんは富助さんの骸《むくろ》を早く、家へと連れ帰りたがっていたのに――

季蔵は意外に感じて、

――それと、あの時は必ず襲ってくる敵に備えて気もそぞろで気がつかなかったが、お笛さんのところに富助さんの位牌《いはい》は見当たらなかった、もちろん、仏壇も。どうしてだろうか？――

謎《なぞ》に行き当たった。

「もっと、びっくりな話があるんだよ。この近くに住んでる知り合いの按摩《あんま》の辰市《たついち》さんがね、〝かねやすまでは江戸の内〟って言われてる、本郷《ほんごう》にある小間物屋まで遠出したんだって。裏通りの金魚屋の前を歩いてたら、何だか、聞き慣れた赤ん坊の声がしたんだそうだよ。その声、間違いなく、お笛さんのところの赤ん坊だって、辰市さんが言ってる。お笛さんの赤ん坊なら死んだはずだから、何かの間違いだろうってあたしが言うと、自分は目が不自由な分、耳だけは確かだって、始終、火が点《つ》いたように泣いてたんで、あの赤ん坊の声だけは忘れられないって、辰市さんは頑として言い張るのさ」

――あまりに不思議すぎる話だ――

「あなたはどう思います？」

季蔵は思わず相手に訊いていた。

「ずーっと前だけど、そこらの犬の遠吠えとは違う、山から下りてきて、ここいらに迷い込んだ山犬の鳴き声も、生まれが山で囲まれたところの辰市さんは、小さい頃聞いたのをちゃーんと覚えていて聞き分けた。早速、手を打ったおかげで、ここの子どもたちが危ない目に遭《あ》わずに済んだ。あたしは辰市さんを信じるね」

おかみさんは言い切り、季蔵は本郷の金魚屋へと足を向けることに決めた。

——あの赤子の顔はまだ覚えている——

第四話　江戸あわび

一

季蔵《としぞう》は本郷《ほんごう》は菊坂《きくざか》の裏通りを入った。名高い金魚屋である金銀屋《きんぎんや》の看板が目につく。ここでは和金、蘭鋳《らんちゅう》、琉金《りゅうきん》、和蘭獅子頭《おらんだししがしら》等の金魚が売られている。金魚の伝来は室町末期の大坂であったが、その後、金魚養殖が藩士の副業として定着して以来、金魚飼いが庶民に広まった。

それでも、珍種にして美しい色、姿形のものは、あまりに高額である。

この時、金銀屋にはこの手の金魚を上見《うわみ》する客たちの姿があった。

上見とはギヤマンではなく、陶器の金魚鉢に金魚を入れて、上から鑑賞する金魚選びである。

「こりゃあ、凄《すご》い。上から見ると尾びれがひらひらと花のようだ。横から見るギヤマン鉢では気づくことのない美しさだ」

感嘆した客の一人に、

「金魚の見どころの胆《きも》は尾びれの揺れの美しさなんですよ。金魚ってやつは、尾びれが水の中で、花開くように見えるにはどうしたらいいか、人によって考え抜かれて創られてきたんです」

四十歳半ばで髷《まげ》に白髪が混じりはじめた主《あるじ》が、煩わしくない程度に蘊蓄《うんちく》を披露した。

——金魚か——

季蔵は鉢の中で短い一生を終えることの多い金魚が苦手だった。

——美しすぎる生きものはとかく滅びやすい——

限られた狭い中でだけ典雅に美しく泳ぐ金魚に、つい瑠璃《るり》を重ねてしまうからでもあった。

——瑠璃には金魚になってほしくない——

この時、金魚屋の裏手から、赤子の泣く甲高い声が聞こえた。

——間違いない——

金魚から目を離した季蔵は、訝《いぶか》しげにこちらを見ている主に気がつくと、一度店を出て裏手にまわった。

まだ幼さの残る、せいぜい二十歳ほどの姉さん被《かぶ》りの女が、背中に赤子をおぶった姿で、井戸水を汲《く》み上げ、陶器の金魚鉢に注ぎ、秋の陽射《ひざ》しの中に並べている。

金魚は始終、水を取り替える必要があったが、汲み立ての冷たい井戸水には馴染《なじ》まず、こうしてたっぷりと陽に当てて温めなければならない。

赤子は泣き続けている。

「すみません」

季蔵は声を掛けた。

「はい」

水を汲み上げていた女の手が止まった。

季蔵は忘れもしない赤子の顔を見た。

――おっかさんのお笛《ふえ》さんにはまるで似ていない、おとっつぁんの富助《とみすけ》さんにも――

ただし、太い眉《まゆ》と、据わって突きだした丸い鼻はなかなかの面構えで、先ほど店で見かけた主にはよく似ている。あの時は、泣き声だけではなく、面構えもなかなか侮り難いと思ったものだった。

「ようっ、しばらくぶり」

赤子に話しかけると、ますます相手は大きな声で泣きだした。

「実は小田原《おだわら》町の海産物屋で世話をされていたこの子を見たんだ。ところが、ふっとそのおっかさんともどもいなくなっちまって、子どもの方は亡くなったという噂《うわさ》もあり、どうしたのかと案じてたんだ」

季蔵のこの言葉に、一瞬、女はびくりと肩を震わせた。

「あたしは――」

続けて季蔵は下っ引きの季吉《すえきち》と名乗った。

「ああ、やっぱり――」

女は季蔵の目を避けるように項垂《うなだ》れた。

「あんたは？」

季蔵は相手を促した。

「繁《しげ》と言います」

お繁はまだ顔を上げようとしない。

「知っていることがあったら、話してもらえないかい？　背中の子のおっかさんの命に関《かか》わることかもしれないから」

「おっかさん？　ああ、あの女《ひと》――」

「お笛さんを知っているのかい？」

「お笛さん？　この子を貸してくれと頼んできた女は、お紀美《きみ》と名乗って、矢場で働いていて、店のご主人に頼まれて面白い趣向を考えているのだと言ってた。この子、ご近所にうるさがられるほど泣くのに、甲高くて始終泣いてるのがいいんだって、それで、一時、この子の泣き声が要るんだと――」

お繁は顔を伏せたままでいる。

「赤子を矢場の趣向に？」

季蔵は知らずと眉を上げ声を荒らげていた。

的に矢を当てて遊ぶ矢場は男たちの社交場で、矢を運ぶ女たちとのつきあいが目当ての客も多かった。

「どんな趣向で、どうしてその坊やを泣かせなければならないんだい？」

「何でも、当たりの太鼓の音は月並みなので、わーんわーんと赤子の泣き声を聞かせるんだって言ってた」

「その話を御亭主にしたかい？」

――男なら矢場に自分の妻子を思い出す、赤子の泣き声ほど無粋なものはないとわかっているはずだ――

「いいえ」

頭を振ったお繁はしくしくと泣き出して、

「実家《さと》に病人が出て、どうしてもまとまったお金が入り用だったんです。でも、うちの人には言えなかった。だって、金魚は泳ぐお宝だっていうのがうちの人の口癖で、今年こそ、仲間内で開かれる秋の金魚市で、これぞと思う金魚を競り落とそうって、ずっと貯めてきた大事なお金だったんです。あたし、つい、お紀美さんの頼みをきいちゃって――。うちの人には親戚《しんせき》に子の出来ない夫婦がいて、どうしてもって言われて、一月ほど預けるんだって嘘《うそ》をついた。ちょうど忙しい時だったんで、うちの人は気にしてなかったみたい。自分の子をお金で貸したっていうの罪ですよね、きっと。あたし、お縄になるんだ、そしたら、この子、どうしよう、可哀想《かわいそう》にどうなるの？　誰にお乳を貰《もら》えばいいの？」

両手で顔を被《おお》った。

——そういえば——

この時、季蔵は赤子に乳を含ませていたお笛を思いだしていた。

——いつも部屋の隅で後ろ向きに乳をやっていた。わたしたち三人は男なので近づかなかった。あれでは自分の乳をやっていなくてもわからない——

季蔵は仔猫の乳やりに使われていた竹筒を思いだしていた。

——あれなら代わりになる——

「大丈夫だよ。俺はあんたをお縄にするために来たんじゃないから。いなくなった女を探し出すために、話が聞きたかっただけだからさ。ありがとな」

季蔵は一礼して金銀屋を離れた。

店に急ぐと一足先に田端《たばた》と松次《まつじ》が来ていた。いつものように田端は湯呑《ゆの》みの冷や酒を傾けていて、松次は甘酒を楽しんでいた。

「こいつはなかなかいいよ」

松次はおき玖《く》飴《あめ》にしきりと箸《はし》を伸ばしていて、

「どうです、旦那《だんな》、こいつは面白い味で肴《さかな》になりますよ」

珍しく田端に勧めた。

田端は一粒、指で摘んで口に入れると、

「ん」

珍しく顔を綻《ほころ》ばせた。

「実は先ほど気になる話を耳にしました」

季蔵はお笛が矢場で働くお紀美と名乗って、よく泣く赤子を借り受けていた話をした。

「何のために、そんなことをしていたのか、わかりかねるのです」

季蔵が首をかしげると、

「そりゃあ、知れたことだよ」

松次はしたり顔で、

「わんわん泣く赤子を抱えてる身で、亭主に死なれたとなりゃあ、同情しねえもんはいねえだろうが。亭主に女ができて、嫉《ねた》みの余り、亭主を殺したんじゃねえかって、俺たちはお笛を多少は怪しんでたが、本心じゃぁ、そうでねえことを祈ってた。いたいけな赤子は、たとえ泣き声がどんなにうるさくても、可愛《かわい》い。この子がいるんだから、よもや母親は悪いことはできねえだろうって思い込んじまうもんさ。お笛って名乗ってた女は、俺たちだけじゃなしに、亭主の富助や世間を広く騙《だま》してたってわけだよ」

口の中で巧みにおき玖餡を転がしながら、もぞもぞと言った。

「しかし、富助さんまでよく騙せたものだと――」

季蔵は蒸しアワビや煮アワビを習いに来ていた富助が、こと妻子の話になると、愛《いと》おしくてならないという、満ち足りた表情を隠さなかったのを思い出していた。

――生きているうちに真実を知らなくてよかった――

「子を腹に宿した女に腹巻きは付きものさ。腹巻きの下の重ねた布を増やし、臨月近くには座布団でも使えば、亭主の目なぞ簡単に誤魔化せるだろうよ」

言い切った松次に頷いた季蔵が、

「それから、近所の人が見て、富助さんの骸《むくろ》が乗っていたのではないかと噂している、大八車の行き先が気になります。どこぞの寺に葬られているとよいのですが、供養もされずにいるのでは不憫《ふびん》でなりません」

ふと洩《も》らすと、

「その点は案じるな。富助はきちんと浅草の徳吉寺《とくきちじ》に葬られている」

田端は応《こた》え、

「あれ、旦那、いつの間にそんなことまでお調べになったんです？」

松次は目を丸くした。

「あの時はまだ、お笛に亭主殺しの疑いがかかっていたので、女房が亭主の通夜《つや》や野辺送りをしなかったと聞いて気にかかった。寺社に関わることを調べるには、相応の伝手《つて》が要るが口にはできない。そのうちに真の下手人が他に居るとわかって、無駄骨を折ったと思っていたのだったが、子が出来たと亭主を騙して、他所《よそ》から一時赤子を借りてくるような罰当たりな女が、殺された亭主の骸だけはまともな場所に葬っていたとはな。女とは魔物のようにわからぬものだ」

田端は湯呑みに残っていた冷や酒を一気に空けて、深々と大きなため息をついた。

二

──富助さん殺しの下手人は井本屋《いもとや》敏右衛門《としえもん》に間違いない。とすると、お笛さんは何のために身籠《みご》もって、子を産み育てるなどという偽りを続けなければならなかったのだろうのか？　この不可解さを田端様は女は魔物とおっしゃったが、これには何か曰《いわ》くがあるような気がしてならない。もしやお笛さんには確かな目的があって、富助さんに近づき、子を成したと嘘をついて夫婦《めおと》となり、よく泣く赤子を探してきて、周囲に献身的なおっかさんを演じていた？──

季蔵は多少得心したが、お笛の狙《ねら》いについては皆目見当がつかなかった。

田端が口を開いた。

「実は富助殺しを調べていた時、まさか井本屋が下手人だなどとは思いもしなかったので、女房お笛の他に疑わしい奴はいないか、恨んでいる奴はいないかと調べてみた。居るには居たが、あまりに昔のことなので、今まで関わりはないと見なしてきたが、そうではないかもしれない」

「どうかお話しください」

「そうだな」

田端は顎《あご》をしゃくって松次を促した。

「へえ」

松次は気持ちよさそうに口中で転がしていたおき玖飴をごくりと呑み込むと、

「これは口入屋の帳面から、玉木《たまき》藩の出の者を拾い出して、片っ端から会って、元漁師だった男に聞いた話なんだが。富助は十五歳で故郷《くに》を出てるんだ。ガキの頃から潜《もぐ》りがたいそう達者だったそうだ。目当ては鮑玉《あわびだま》で、こいつを見つけるのが上手《うま》く、玉木藩には、鮑玉の採取を取り締まる御玉取り役人ってえのがいるんだそうだが、そのお役人に渡して、小遣い稼ぎで十人もいる子沢山の生家を助けてたんだ。ここまではなかなか感心な奴なんだが、ある時、大きくて七色の輝きが強い、今までにない極上の鮑玉を見つけたのが運の尽き、そいつは当然、殿様に献上される代物だったんだろうが、富助と一緒に煙のように消えてなくなったんだ」

甘味にたっぷりと馴染んでいる舌と喉《のど》が軽やかに音をたてている。

――それが富助さんが故郷を出た真相か――

「それからどうなったのです？」

季蔵は先を促した。

「富助がいなくなった日、玉木藩内の海辺の岩場には、奴から鮑玉を受け取っていた御玉取り役人が、石で頭を打ち砕かれて殺されていたんだと。消えた極上の鮑玉は天井知らずの値がつくだろうと、富助がその鮑玉を採取するのを見ていた者たちが言ってたそうだ。生まれてこの方、極貧の中で生きてきた富助は、これで一生安楽に暮らせると思い込み、鮑玉と一緒に故郷から逃げ出し、追いかけてきた御玉取り役人とやりあって殺しちまったにちがいないと、その男は言ってた。ちなみにそいつは潜りもできて、富助より一つ、二つ年嵩《としかさ》で、今でも土地では幻の鮑玉とされている、極上の鮑玉を富助が採るのを見た数少ない一人だそうだ。だからこの話は到底、嘘じゃあない気がするね。おっと勿体《もったい》ない」

松次は舌先をちろちろと器用に動かして、唇に付いていたおき玖飴の甘い汁を舐《な》め尽くした。

「その御玉取り役人に家族はいたのでしょうか？」

「玉木藩では、御玉取り役は子や親戚に跡を継がせないことになってる。孫子《まごこ》を想《おも》って、家を栄えさせたいという、人としてありがちな欲ゆえに駆られる不正を防ぐためであろう。だからこの男も四十歳を過ぎて独り身だった」

田端が応えた。

「富助さんが持って故郷を出たという、極上の鮑玉の行方《ゆくえ》が気にかかるのですが――」

季蔵の指摘に田端が大きく頷《うなず》いて、

「井本屋から鮑玉を買おうとしたぐらいだから、富助が持っていなかったのは事実だろう」

「どこでどう売りさばいたのでしょう？　献上されては、自分たちには一文の得にもならないその鮑玉を横取りしようと、富助さんを唆《そその》かしたのは井本屋の手の者ということも考えられます」

「たしかにこの日の本では鮑玉の元締めは井本屋ただ一人だが、富助が奉公していた大坂には南蛮《なんばん》と密《ひそ》かに通じている、したたかな闇《やみ》の商人もいると聞いている。そやつらの手に渡ったのかもしれぬゆえ、敏右衛門は素直に罪を認めたこともあり、奉行所の上の者の命により、井本屋の蔵や台帳の調べまではしていない」

「敏右衛門がお上に白状した話とはちょいと違って、富助は鮑玉を欲しがる女房のために、野犬から命を助けた礼にと、前に手放した幻の鮑玉の話をして、自分が売った時の値段で買い戻したい、と敏右衛門に言ったんじゃぁないかね。そうなりゃ、富助の財布に残ってた銭の額ともそこそこ合うだろ？」

松次は季蔵に相づちを求めたが、

「今日はいいぞ、なかなか冴《さ》えている」

田端が真顔で褒めて、人差し指で自分のこめかみを突いた。

「すると、野犬を敏右衛門の駕籠《かご》に仕掛けたのは富助さんですか？」

──故郷での御玉取り役人殺しは咄嗟《とっさ》のことであっても、根は真っ正直で素朴で、野犬を手なづけて襲わせるような策をこうじる人にはとても見えなかった──

「人は見かけによらぬものだ。野犬の一件は偶然でも、相手が縁のある大物だと知って、この出会いが妻子を得ていた富助に、海産物屋一軒では物足りぬ、とさらなる欲をかかせたとしても不思議はない。そもそも、おまえが聞いたという、井本屋との馴《な》れ初《そ》めも、海産物屋を贈られての過剰な恐縮も、富助本人から聞いたものであろう？　人は自分の都合のいいように嘘をつく生きものなのだ」

田端は言い切った。

「当初、井本屋は富助が故郷での御玉取り役人殺しに関わっていたとは知らなかったろうよ。井本屋から見れば、末端の話だもんな。でも滅多にない極上品の鮑玉は覚えてて、富助というのは、恩人面の下にとんでもない企みを持ってる奴だと突き止めたろうよ。当然、井本屋と富助とじゃ、失うもんの大きさが違いすぎる。そうなると、井本屋敏右衛門が投げ込まれる文に操られて、富助を殺したのも得心がいくってもんよ。日の本一の鮑玉の元締めが、故郷で御玉取り役人を殺させて、お殿様への鮑玉を盗《ぬす》っ人《と》まがいに横流ししてたとなりゃあ、こりゃあ、忠義に反する不忠の大罪だからな」

さらに松次は滔々《とうとう》と話し続けて、

「ますます冴えてる」

田端は両手を打ち鳴らした。

「なに、無花果《いちじく》のおき玖飴のおかげでさ」

松次は照れた笑いを浮かべて、田端と共に立ち上がった。

二人を見送った季蔵は、

――富助さんにもお笛さんと坊やという失ってはならない、鮑玉にも増して大事なお宝があったはずなのに、これがあって無きに等しい、謎《なぞ》に満ちた縁だったとは――

何ともたまらない気持ちになると同時に、

――お笛と名乗った女の狙いがますますわからなくなった――

心の中で何度も首を傾《かし》げ続けた。

その夜、お笛に関わる謎が解けない季蔵は、何とも落ち着かず、

「今夜は先に帰っていいぞ」

暖簾《のれん》をしまって三吉《さんきち》を帰した後も、店に居残って、おき玖と一緒にまた、収穫してきた無花果の残りの秋果をおき玖飴、無花果の甘露煮に拵《こしら》えていた。

すでに太郎兵衛《たろべえ》長屋には先に作ったおき玖飴を届けてある。おき玖飴は飲兵衛にも下戸にも好評であった。

甘辛い、胃の腑《ふ》をくすぐる匂《にお》いが夜道にまで流れ出しているせいか、戸口の向こうに人が立った。

灯《あか》りはついているが、暖簾はもう掛けていない。

――今時分客など訪れはしない、訪れるならばあの御仁しかいないが、それは妻帯するまでのことで、今はもう愛しい相手の待つ家にまっすぐに帰っているはずだ――

季蔵が戸口を見遣ると、

「よい匂い、よい夜だ」

入ってきたのは、おき玖の連れ合いである伊沢蔵之進《いざわくらのしん》であった。

「お珍しい」

季蔵は微笑《ほほえ》んで、

「一本おつけしましょう」

「ありがたい、ただし盃をもう一つ」

蔵之進は季蔵にも酒を勧めた。

「いただきます」

こうして二人は向かい合って、盃を傾け合うこととなった。蔵之進は盃を手にしたまま、

「おき玖が持ち帰ってきた瓶《かめ》入りの方は、冷めているせいで、隠し味の田楽味噌《みそ》がよく無花果に馴染んでいて、こんな乙な味がこの世にあるのかと驚かされた。養父上《ちち》が何年か前に植えた無花果がこんなにも、美味い逸品になったのだと思うと、養父上にも、養父上が冥途へ送りながらも常に気にかけていた罪人たちにも、いい供養ができたと感無量だった。早速、仏壇に供えさせてもらった。きっと今頃、養父上を囲んで皆でこれを肴に酒盛りをしていることだろう。礼を言う」

目を瞬《しばた》かせ、腰かけたままではあったが深く頭《こうべ》を垂れた。

――よかった――

季蔵は安堵《あんど》して、

――蔵之進様はおおっとおっしゃったんですね、お嬢さん、やりましたね――

心の中でおき玖に話しかけていた。

蔵之進は季蔵が鍋《なべ》で仕上げたばかりのまだ温かいおき玖飴に箸を伸ばした。

「これも美味《おい》しい。温かいと田楽味噌ではなく、無花果の風味の方が際立って感じられる。これを是非、出来たてのあつあつを味わう、特別な麩《ふ》の焼の芯《しん》にしたいものだ」

蔵之進の呟《つぶや》きを聞いた季蔵は、

「それでは早速、今、ここでおき玖飴を挟んだ麩の焼を拵えてみましょう」

小麦粉をさっと篩《ふる》い、水と合わせてよく混ぜる一方、浅い鉄鍋を火にかけた。

三

この後、薄く油を引いたその鉄鍋に、水と混ぜた小麦粉を流し、汁杓子の裏で楕円形《だえんけい》に伸ばし、表面が乾いたら裏返して焼く。

これが麩の焼の皮である。

これの芯にするのはたいていが鍋で赤味噌と白砂糖を練り、胡桃《くるみ》、けしの実を加えた、田楽味噌に似た胡桃味噌であった。

季蔵は蔵之進の希望で麩の焼の中身を、叩《たた》いた二粒のおき玖飴に変えてみた。

ほうじ茶を淹《い》れて添える。

「胡桃の粒々の代わりにおき玖飴の粒々が舌に面白く、何とも奥ゆかしいさっぱりとしたいい味だ。おき玖飴が酒に合うのなら、こっちは茶請けになる。茶の席に出しても恥ずかしくない上品な味だ」

蔵之進は満足げに洩らし、

「おき玖飴の意外な一面、変わり麩の焼を教えていただき、ありがとうございました。早速、菓子好きな三吉にも伝えます。しばらくは夢中でこれを作り続けることでしょう」

季蔵は微笑みつつ頭を垂れた。

「さて、もう少し飲むとするか」

蔵之進はまだ酒を飲むつもりのようである。

変わり麩の焼とほうじ茶で上がりのはずだと思っていた季蔵には意外で、ふと困惑の表情を見せたせいだろう、

「実は、是非ともおまえさんに伝えておきたいこともあってここへ来たのだ」

声をやや低めた蔵之進の目が田端にも通じる、定町廻《じょうまちまわ》り同心のものに変わった。

「何でございましょう？」

知らずと季蔵の声も小さくなった。

「市中にこの人物ありと言われていた井本屋敏右衛門が、同郷の海産物屋富助殺しで刑死し、敏右衛門を追い詰めて富助を殺させたのは、渡り中間《ちゅうげん》の要三《ようぞう》とされている。この要三も自害を装わされて殺されたが、要三を操っていて口封じしたと見られる、下手人の手掛かりは皆無に等しい。すべてはこの要三殺しの下手人である黒幕が、仕掛けたことに違いないとお奉行様に聞いた」

事件解決のためには、北も南も奉行所に変わりはないのだから、互いに力を合わせるべきだというのが、南町の同心である蔵之進の考えで、北町奉行の烏谷《からすだに》もこれに同調、二人は時折、互いの情報を持ち寄って話す機会を設けていた。

「渡ってきた大名家の名を上げた要三の日記が残っていました。玉木藩だけではなく、ど

の藩も鮑玉を産することがわかって、黒幕の狙いは、他藩の鮑玉まで密《ひそ》かに買い取ることのできる、日の本一の鮑玉の元締めである井本屋の後釜《あとがま》狙いではないかと、お奉行様はおっしゃいました。けれども、主が変わっただけで、坂本屋《さかもとや》と改めた元の井本屋は未《いま》だ、闕所《けっしょ》になっていません。さらにくわしく、他藩や坂本屋の事情を調べたくても、大名家には町方の調べが入れず、なぜか坂本屋は井本屋敏右衛門の刑死をもって、詮議《せんぎ》無用との命が上から下っているようで、お奉行様も苦慮されているようです。おそらく以前の井本屋、今の坂本屋は、御用商人というよりも、鮑玉を特産とする玉木藩が藩政のために続けてきた商いの拠点ではないかと思われます。高価な鮑玉の売買による利益の一部で、今のような商いを始めたのではと——。もちろん、これは密貿易であり大罪です」

季蔵はきっぱりと言い切った。

「お奉行様もそのようにおっしゃっていた。諸国はどこも参勤交代や土木工事で金を使わされ、窮しているゆえ、気持ちはわからぬでもない。玉木藩には鮑玉の他はこれといった特産がないだけではなく、嵐《あらし》に見舞われることが多く、海水が川に入り、米等の作物の出来が悪く、毎年飢える者たちが多いことも知っている。だが、これに他藩が倣《なら》うようでは、世の秩序が乱れて困る、力ではなく金による戦国の世になるとお奉行様は案じておられた。俺もそう思う。何とか玉木藩と坂本屋を縛につかせたい」

そこで蔵之進はほうと大きなため息をつくと、

「少々、面白いものを見た。おそらくおまえさんもそう思うだろう」

にやりと笑った。

「何でございます？」

「おまえさんは富助の女房で姿をくらましたお笛について不審を抱き、死んだとされていた子どもの行方を追っていただろう？」

「よく御存じで」

「俺も近所のかみさんに通夜や野辺送りをしなかったと聞いたのだ。手掛かりはお笛にあると確信して、海産物屋を訪ねた。隣の搗米屋《つきごめや》のかみさんに辰市《たついち》の話を得意げに持ち出され、金魚屋のお繁に会ってみたところ、おまえさんに先を越されたとわかった」

「恐れ入ります。しかし、なにゆえ、お笛さんと確信したのです？」

季蔵自身は確信するほど強い手掛かりを感じてお笛を訪ねたのではなかった。

「実は俺は二度、要三と一緒にいるお笛を見ている」

「何ですって？」

正直、季蔵にとってこれほどの驚愕《きょうがく》はなかった。

「そんな――信じられません」

「無理もないが、俺はちゃんとこの目で二人が話してるのを見たんだ。お笛は背中によく泣く赤子を背負ってたしね。あれは目立つけど、要三があんな男だから、亭主の博打《ばくち》の借金の払いでも伸ばしてほしいと頼んでるように見えてた。赤子の小道具が利いてるなかなかの芝居上手だ。二度目はいつも女客たちでごった返してる横田屋の店先だった。その時は話し込んじゃいなかったが、お笛が折り畳んだ文を、要三に渡すのをこの目でしっかりと見たよ」

「お笛さんが富助さん殺しに関わっていたと？」

「まあ、そういうことになるだろう。お笛は近所には、本郷の親許《おやもと》でお産をすると言ってたそうだが、本郷にお笛の実家《さと》などありはしなかった。ただ、湯島《ゆしま》の旅籠《はたご》に何日か泊まっていた女が、赤子と一緒に出て行くのを見て、旅籠の女将は養子を貰ったのだろうと思ったそうだ。身籠もって跡継ぎの男の子を産んだことにして、要三を仲間にしていたお笛は、亭主の富助をすっかり油断させていたのだ」

「全《すべ》ては井本屋敏右衛門に富助さんを殺させ、わたしたちに捕り物をさせるためですね」

「俺は要三の口封じに手を下したのはお笛かもしれないと思っているが、お笛が黒幕とは思えない。お笛もまた、駒《こま》のように動かされて、好きでもない男と添い、その男を井本屋に殺させるという役目だったのではないかと――」

「なるほど」

相づちは打ったものの、季蔵は重い気持ちになっていた。お笛が甲斐甲斐《かいがい》しく赤子の世話をしていた様子は、赤子が借り物であったとわかった時から、全く思い出せないでいたが、

――富助さんは、妻子のためにも成功したいと話していた。あの時の誇らしげでうれしそうな顔だけはずっと覚えていたい――

季蔵はしばし沈黙したが、

——ああ、でも、これは伝えておかなければ——

富助が故郷で起こした御玉取り役人殺しについては南に対して貝の口のだんまりだからな。

「ほう、それは初耳だ。北の連中はお奉行様を除いては南に対して貝の口のだんまりだからな。俺の調べた限りじゃ、富助は善の塊が着物を着て歩いてるような奴だったらしいが、そんな昔があったのか——。そうなると、富助は今度こそ運を摑《つか》もうと必死だったんだろうと思う。富助が雲一つない青空のような善人でなくてよかった。首を括《くく》った実父が抜け荷をしていた罪人なもんだから、俺はどうも、神様のようなまっさらな善人がこの世にいるとは信じがたいんだよ」

蔵之進は複雑な想いを洩らして、

「いけない、ちょいと酒を過ごしすぎたな」

あわてて立ち上がりかけると、

「そうそう、忘れるところだった。最後になってしまったが、にゃあ屋の女将《おかみ》のお亜喜《あき》に頼み事をされていた。俺は実は猫が好きなんだが、おき玖はそうでもないんで、時折、俺一人でこっそり、にゃあ屋を覗《のぞ》いてる。にゃあ屋にはたいてい、客たちが飼い猫を抱いて訪れてくるからね。ところで、先だって、お亜喜が得意客を呼んで宴をやりたいと言い出したんだ。ついおまえさんと知り合いだと言ったものだから、アワビ昼餉で市中にアワビ旋風を起こしたおまえさんに、どうしてもアワビ名人の腕を奮ってほしいと頼まれた。俺に免じて引き受けてやってはくれないか？　この通り」

　軽く頭を垂れた。

　――名人とは参ったな――

「ありがたいお話ですが、御期待に添えるかどうかはわかりかねます」

　季蔵は辞退したつもりだったが、

「それじゃ、いいんだな、早速お亜喜に伝えておく。喜ぶことだろう」

　蔵之進は上機嫌で店を出て行った。

　この後、季蔵は蔵之進が口にした〝まっさらな善人〟と同様、悪人の慈悲心について考えていた。

　――まっさらな善人が居ないのと同様、悪人にも多少の慈悲の心はある。博打好きで、人の弱みに付け込んで強請《ゆすり》も働いていたと思われる要三とて、猫にだけは情けをかけていた――

　この時、季蔵は瑠璃に片想いし、生け垣から覗き込んでいて、虎吉《とらきち》に撃退されたという要三の腕の嚙《か》み傷を思いだしていた。

　――やり返したりせずに深く嚙まれていた――

　すでに要三への怒りは消えている。

　――しかし、背後に広げられていた邪悪な網が慈悲心もろとも要三を絡め取ってしまった――

ここは何としてでも、今後誰もその網にかからぬよう、見つけ出して、始末しなければならないと季蔵は決意を新たにした。

——人の命を平気で踏みにじる、極悪人は断じて許せない。まっさらな善人はいないが、極悪人はいる——

四

にゃあ屋の女主お亜喜が塩梅屋《あんばいや》の戸口に立つと、ぱーっと辺りに花が咲き誇ったかのような明るさと華やかさが満ちた。

お亜喜はそこそこ美人ではあるが、絶世というほどでも、また、美人画に描かれる小町娘のような整った顔立ちをしているわけでもない。

ただし、独特の雰囲気があって、強いて例えるならば猫に似た闊達《かったつ》な気儘《きまま》さ、伸びやかさ、そして少々神秘的な情緒を醸し出していた。

「伊沢の旦那から話していただいたと聞いて、矢もたてもたまらず、押しかけてきました。でも、あなたがアワビ名人の季蔵さんとはねえ。うちの店に来たとき、料理人とは言ったけど、名は言わなかったわよね。意地悪ねえ。でも、あたしも訊《き》かなかったし、ま、いいとしましょう」

お亜喜は床几《しょうぎ》に腰を下ろすと、まずは眼鏡をかけ、

「はい、これ、あわび宴にお招きしようと思ってるお得意様の名」

懐から一枚の紙を取り出し、季蔵の前に広げた。

——まだ、引き受けるとは言っていないはずなのだが——

苦笑した季蔵に、

「商いは押しの一手ですからね」

やはりまた笑い、

「まあ、どなたがおいでか、ご覧くださいな」

にゃあ屋のあわび宴お客様
根《ね》本《もと》剛《ごう》右《え》衛門《もん》様　玉木藩江戸家老
木《き》村《むら》貞之《さだの》進《しん》様　根本様御家来
伊沢蔵之進様　南町奉行所定町廻り同心
若水屋《わかみずや》純光《すみてる》様　京菓子屋若水の隠居
豊蓮尼《ほうれんに》様　泰豊寺《たいほうじ》に逗留《とうりゅう》中
喜《き》和《わ》様　豊蓮尼様の弟子
横田《よこた》屋《や》倉三《くらぞう》様　小間物屋の主人
　てる様　内儀
森田《もりた》兵五郎《ひょうごろう》様　浪人

――何とあの玉木藩の江戸家老様やその家来が来るのか――

季蔵は知らずと全身が緊張してきた。

――蔵之進様がおいでなのは心強いな、これはきっと何かある――

「いろいろなお方がおいでなのですね」

季蔵はあくまでさりげなく言った。

「そうですよ、皆さん、猫好きということだけが同じで、ご身分もお年齢《とし》もまちまちなんです。それもあって、なかなか面白い会になりそうでしょ。そうそう、塩梅屋さんがおいでになった時、いらしてた方もお招きしてるんですよ、根本剛右衛門様と御家来の木村様――」

「そうでしたか」

季蔵は大きな身体《からだ》の主が選んだ沢山の猫用品を運ぶ、家来らしき小柄な侍が、背負った大きな風呂敷《ふろしき》包みに押し潰されそうになって付き従っていた姿を思い出していた。

「それから、要三さんのことで横田屋さんにも行かれましたよね。それなら、御主人夫婦を知っていますよね」

「はい」

「お客様の中にすっきりしてて、年寄りもなかなかだと思わせる、女隠居様はいなかった？」

「少々値の張る手文庫を買おうかどうしようかと、わたしに相談をもちかけてきたお年寄りならおられました」

「それ、間違いなく、豊蓮尼様です。紫の被布と切り髪がお似合いの方でしょ」

「そうでした。ですが、尼様なら、なぜ尼頭巾《あまずきん》を被っておいでではなかったのでしょう？ お供《とも》の方も見当たりませんでした」

「上方からおいでで、気に入って長く市中にいる豊蓮尼様はね、出家はなさってはいても女隠居でもありたいとお思いで、姿を使い分けて外出されてるんです。若い女たちが多く、わいわいと活気のある、流行の先取りで人気の横田屋さんに、抹香臭い墨衣は似合わないと思ってるんですよ、きっと。お喜和さんを連れていなかったのも、供を連れてるなんて堅苦しいとお思いだからですよ。とにかく、面白いお方ですよ」

「若水屋様、森田様についても、多少はどんな方々なのか、教えておいてください」

「若水屋様は何代も続く老舗《しにせ》の京菓子屋さんらしく、茶の湯、骨董《こっとう》、絵画、俳句等多彩なご趣味の持ち主。森田様はといえば、長屋猫の父親と称していて、野良猫に自分の食べ物まで与えてしまうので、いつも空腹で痩《や》せぎす。このあわび宴を誰よりも楽しみにしてると思うわ。森田様には他の人たちより、少し多目に盛りつけてあげてちょうだい」

「わかりました」

「それから、これはあたしの趣向なんですけど、皆様、飼ってる猫の種類が違うんですよ。なもんだから、最初の挨拶《あいさつ》は皆さん、自分の飼い猫になったつもりでお願いしたいのです。まずは猫ありきで身分の隔てなしの会ですからね」

「それは面白い、楽しみですね」

この時、季蔵は猫を飼っていない蔵之進は、いったいどんな挨拶をするのだろうかと興味津々であり、お亜喜の言った通りになれば、さぞかし、あわび宴は寛ぎのあるよい会になるだろうと思ったが、

――しかし、あのすれちがっただけでも、抱いていた大きな黒猫同様、尊大で横柄な人柄による威圧感が、ひしと伝わってきた玉木藩江戸家老が身分の隔てなしの会を承知するものだろうか?――

案じる気持ちは拭《ぬぐ》えなかった。

「それではよろしくお願いします」

お亜喜は礼を言って帰って行き、

――まだ、引き受けるとは口にしていなかったのだが――

季蔵は苦笑しつつ、にゃあ屋のあわび宴の膳《ぜん》を思いつくままに書き留めていった。線で消したり、加えたり、また消したりを繰り返して、やっと五日後に出来上がった内容は以下のようなものである。

あわび宴膳

口取り　熨斗《のし》アワビ　アワビとろろ　おき玖飴

蒸し物椀《わん》　蒸しアワビの茶碗蒸《ちゃわんむ》し

お造り　クロアワビの刺身、胆醤油《きもしょうゆ》添《ぞ》え
焼き物　松笠《まつかさ》アワビ三種
揚げ物　アワビの天麩羅《てんぷら》
酢の物　アワビの酢の物
煮物　　姿アワビ
飯　　　アワビ寿司《ずし》
汁　　　アワビの清汁《すましじる》
甘味　　変わり麩の焼

この献立を、にゃあ屋まで届けたところ、半日ほどしてお亜喜から返事の文が返されてきた。

思わずごくりと生唾《なまつば》を呑み込みたくなるような豪華さで、これぞまさに江戸あわび、大変素晴らしいと思います。ただ一つだけ注文をつけさせてください。あと一人分、正しくは一匹分、この膳を増やしてくださいさい。根本剛右衛門様、玉木藩江戸家老様の愛猫一太郎様の分です。
残念なのですが、猫ありきの身分の隔てなしでの趣向は取り止めようかと思っていますす。根本様に、この試みをお伝えしたところ、すぐに一太郎様の分もとおっしゃいました。

わたしは皆さんに猫は連れずに来ていただき、人が猫に化けて面白い時を過ごしていただくつもりでしたが、それでは軽すぎる、玉木藩江戸家老の自分に対して無礼千万と、お叱《しか》りを受けてしまいそうだからです。

根本様には大変ご贔屓《ひいき》にしていただいておりますし、にゃあ屋の今後のためにも、ご機嫌を損ねることはできません。

そもそも、そちらに無理なお願いをしましたのも、このところアワビ昼餉で名を馳《は》せている、塩梅屋のアワビ料理を是非とも一度、じっくりと味わってみたいと根本様が仰せになったからです。

どうか、よろしくお願いいたします。

それから、おき玖飴はうちへ立ち寄られた際に、奥様への惚気《のろけ》まじりに、蔵之進様からお裾《すそ》分《わ》けいただき賞味させていただきました。

無花果とはあのように美味しいものだったかと気づかされました。

皆さんもきっと舌と口で長く楽しまれることでしょう。

にゃあ屋　亜喜

塩梅屋季蔵様

文を読み終えた季蔵は根本剛右衛門の大きく強靱《きょうじん》そうな顎を思いだし、やはり案じた通りになったと思った。

――まあ、にゃあ屋も商いゆえ、上客の頼みを拒むことはできないのだろう。こちらにできるのは精一杯の料理を作ることだけだ――

三吉は、季蔵のあわび宴膳の献立が書かれた紙に見入っていて、

「ここに書いてあるアワビ料理、おいら、まだ、食べさせてもらってないのあるんだけどな」

ぐうと腹の虫を鳴かせて、

「まずはアワビの茶碗蒸しでしょう、それから、松笠アワビ三種、アワビの酢の物、姿アワビ、アワビ寿司、アワビの清汁、ん、このくらい――」

さらにまたぐうぐうと腹を鳴かせ続けた。

「アワビの茶碗蒸しとアワビ寿司、アワビの酢の物は、富助さんやおまえに教えた酒蒸しアワビを、切り方や合わせるものを変えてお出しする。姿アワビは煮アワビのことで、貝殻に薄切りにした煮アワビを盛りつける。試さなければならないのは、焼き物の松笠アワビ三種と、干しアワビを使ったアワビの清汁だが、特にこの松笠アワビ三種が楽しみだ」

季蔵は三吉に届けられてきたばかりのマダカアワビの下ごしらえを指示した。

五

季蔵は牛酪（バター）を、涼しいところに置かれていた蓋《ふた》付きの壺《つぼ》から取り出した。

安房は嶺岡の牧では白牛が飼われていて、牛酪が作られていた。市中でも商われていたが、入荷は極少量なので、季蔵は入手に苦労した。

「松笠アワビっていうからには、烏賊《いか》の松笠切りみたいに切り込みを入れるんだよね？」

三吉に念を押された。

松笠切りは烏賊に用いることの多い切り方で、材料に対して斜めに包丁を入れ、斜め格子に切り目を入れる。

烏賊の場合、このように切り目を入れて熱を加えると、切り目が開いて、でき上がりが松笠のように見えることから、こう呼ばれてきた。

「さあ、これをアワビでやるぞ」

一種目は松笠牛酪アワビであった。

季蔵は三吉に下ごしらえしたアワビを俎板《まないた》の上に載せさせた。

「烏賊と同じで滑りやすいが、この手の切り込みは得意だったろう？　任せるからやってみろ」

「うん」

力強く返事をした三吉は、アワビに細かく斜めに切れ目を入れていった。

次に、塩と灘《なだ》の酒を振りかけて馴染むまで置いてから、七輪にかけた丸網に載せて両面をさっと焼く。

仕上げに牛酪を載せて、松笠の中に溶けてなくなったところで網から下ろし、あつあつを供する。

　次の二種目の松笠胆ダレアワビにはアワビの胆が使われる。

「焼きすぎないのが肝心だとわかったろう？　今度は焼きまで一人でやってみろ」

「へい」

　三吉の返答の声がやや低まって、

「これって、焼きすぎたら仕舞いだよね、魚よりうんとむずかしい。幾つ数えて火から外せばいいのかな」

　やや不安そうである。

「大丈夫だ、焼きの加減が勘でわからないようでは料理人とはいえないぞ」

　季蔵は叱咤《しった》激励した。

　ここではアワビの下ごしらえに胆の裏漉《うらご》しが加わる。

　漉し終えたら、肝に醤油、塩、砂糖を適量混ぜ、肝ダレを作っておく。

　アワビの身の方は松笠になるように切り込みを入れ、一種目と同様、七輪に載せた丸網でさっと焼き上げる。

　これに胆ダレを松笠の間に染みこむまでかけまわす。

　三種目は松笠にんにく醤油アワビ牛酪風味である。

　松笠になるように入れる切り込みは前二種と同じである。

　微塵《みじんぎ》切りにしたにんにくと牛酪を平たい鉄鍋で熱して焼きダレとし、そこへアワビを入れ、タレを絡ませるように焼く。最後に醤油と胡椒で味を調える。

「出来上がった。早速、味を食べ比べてみよう」

季蔵は三種の味付けの焼きアワビを薄切りにした後、三吉に箸を渡した。

まず一種目の松笠牛酪アワビを口に運ぶと、

「食べ慣れない味だけど、悪くないって感じ」

三吉は正直な感想を口にして、

「でも、アワビに牛酪なんて、どうして思いついたの？　すごいなあ」

訊かずにはいられないようである。

「いや、知り合いが長崎にいる頃、人づてに異人の晩餐《ばんさん》の一品を耳にしたそうだ。異人もアワビを食べると知って驚いたとか――」

季蔵は知り合いとだけ告げたが、その相手は仕えていた鷲尾《わしお》家の主で、長崎奉行に任じられている頃、この料理を覚えて美味さに感嘆し、奥方に文で書き送ったのだった。

当時、季蔵は、これを作れと命じられた料理人と親しく、悪戦苦闘する様子を目にしていた。

主家の主が異人の晩餐で供されたアワビ焼きなるものは、平たい鉄鍋で焼き上げたアワビの仕上げに、溶かしてタレにした塩と牛酪をかけて供されると、文には書かれていた。

だが、その通りにすると、味が薄めで、上手くタレとアワビが馴染まないのであった。

奥方は穏和な性格ではあったが、食通であったので料理番は何度も作り直しを命じられていた。

奥方は〝殿がお勧めのアワビ料理は美味でございました〟と返事を書き、以後決して、牛酪が使われるアワビ料理が、鷲尾家で試されることはなかった。やがて任期を終えて江戸へ帰ってきた主も、この料理に病みついてはいなかった証《あかし》に、思い出すこともなかったからであった。

季蔵はこの経緯《いきさつ》を三吉には話さなかった。三吉にだけではなく、武士だった頃の話は、たとえ料理に関わるものであっても、あまり口にしない季蔵であった。

「それじゃ、松笠牛酪アワビも異人料理なのかしらん？」

三吉は松笠牛酪アワビが異人料理と聞いて、興味津々の様子である。

「いや、アワビに松笠になるよう切り込みを入れようと思いついたのも、胆をタレにしてみたのもわたしだ。異人の料理人がこの胆ダレを知ったら、醤油味にせずに、牛酪と胆を合わせるかもしれない」

「醤油を使わないなんてどうかしてるよ」

三吉は知らずと口を尖《とが》らせた。

「まあ、そう尖らずに味を試せ」

箸を伸ばした三吉は、

「ちょい苦くて大人の味。でも、おいらも大人になったらきっと好きになると思う。酒の肴にぴったりなのかも」

一種目の松笠牛酪アワビ同様、二切れ目には箸が伸びなかった。

いよいよ三種目の松笠にんにく醬油アワビ牛酪風味である。

「おっ」

一口頬張るなり、三吉の目がきらきらと輝いた。

「にんにくと牛酪のタレが松笠切りのアワビと絡まって、すごくおいしいっ。ちょっと火を通しただけなのに、松笠切りしたこともあって、生のコリコリ感は抜けて、旨味《うまみ》たっぷりでいて柔らかなアワビになっちゃってる。ほんとはおいら、コリコリのアワビのお刺身、あんまり好きじゃなかったんだ。あれ、歯に滑るんだもん。そのせいで味がじわっと染み出てくる前に、あんまり嚙まずに吞み込むと、そうは美味しくない。だから、これ、病みつきになりそうだよ。にんにくと牛酪のタレって、アワビだけじゃなく、魚や貝なら、なんにでも合うんじゃないかな。さすが、季蔵さん、すごーい」

三吉は歓声を上げんばかりであった。

「へえ、若いおまえでも、アワビの硬い刺身が今一つとはな――」

季蔵は知らずと腕を組んでいた。

――おおよその人がアワビの刺身は硬くなければ、クロアワビでなければというのは、嚙み心地や味覚が決めたことではなく、アワビの最上級品であるクロアワビへの憧《あこが》れ、それだけなのではないか？――

「おまえは刺身の烏賊も松笠切りが好きか？」

季蔵はさらに訊いてみたくなった。

「うん、おいら、烏賊素麺《そうめん》も普通の下ろしよりずっと嚙みやすくなるけど、松笠切りの方がもっと好きだよ。刺身の烏賊を松笠切りにすると、松笠の切り込み全部の間から、柔らかくなるし、じわーっと旨味が滲《にじ》み出てきてすごーく美味しいと思うんだけど――」

「なるほどな。それでは一つ、お造りに薄切りではない、松笠切りも加えてみよう」

そう決めた季蔵は献立を以下のように直した。

お造り　クロアワビの刺身二種、薄切り、松笠切り　胆醬油添え
「さあ、いよいよ最後はアワビの清汁だ」

季蔵は三吉に鍋に水を沸騰させ、干しアワビを入れて弱火で四半刻（約三十分）茹《ゆ》でさせた。ここで干しアワビは取り出しておく。

「干しアワビを四半刻も茹でて、出汁を取るのは旨味をより引き出すためで、これがアワビの清汁の胆なのだ」

一方、このところ、常備している蒸しアワビはすでに出来上がっている。

これを薄切りにして、干しアワビの出汁《だし》がたっぷり出ている鍋に入れ、適量の塩、酒、醬油で味を調える。

「さあ」

季蔵に促されて三吉はアワビの清汁を啜《すす》った。

「すごくアワビの風味が濃い。お嬢さんだったら、まるで磯遊《いそあそ》びでもしてるようだって言

うだろうな。ああでもそれ——」

　三吉は季蔵が鍋から取り出した干しアワビをちらと見て、

「捨てちゃうか、猫にでもやるの？　勿体ないなあ」

ため息をついた。

「心配するな」

　季蔵は茹でて戻った干しアワビを俎板の上でささっと粗みじんに切った。それを前もって取り分けてあった、干しアワビの出汁の入った小鍋に入れ、梅風味の煎《い》り酒で調味して温め直す。

　その後、これを炊きたての飯にかけると、仕上げに葱《ねぎ》の微塵切りと一味唐辛子をたっぷりと振りかけた。

「干しアワビ汁飯だ。ただし、これはあわび宴の献立には入ってない。今日だけの特別賄いとしよう」

　飯碗を渡された三吉は、口をつけたとたんから夢中で掻《か》き込み、三膳食べ終えたところで、やっと、

「葱と唐辛子が干しアワビの旨味にぴったりきてる。それにしても、あーあ、こんな美味い賄いが今日限りだなんて」

　恨めしそうに呟いた。

六

にゃあ屋のあわび宴は浜松町にある、横田屋が最近購入した家で行われる。この家は元は斎藤屋《さいとうや》という油屋だったのを横田屋が買い取り、大幅に改築したものだと季蔵は聞かされた。

油屋の斎藤屋は再三小火《ぼや》を出してしまい、周囲の堀切で難を逃れたものの、高齢だった主は嫌気がさし、店を畳み、故郷に帰ってしまったのだという話だった。

「横田屋さんではゆくゆくはここを秋月亭《あきづきてい》と名を改め、料理屋にするつもりのようですよ。ですから今回は一夜限りの開業をお願いしたんです。お料理を召し上がるお客様方が、堀切を小舟で渡ってこられるというのも、なかなか風情があるでしょう？　それに堀切で隔てられた場所なら、大事なお話も弾むというもの、あたし、以前、横田屋さんのご主人にこの話を聞いた時、思わず〝やられた〟って、同じ商人《あきんど》として口惜《くや》しく思いましたよ。でもね、考えてみればあたしがやっても駄目。右肩上がりの商いを続けている横田屋さんは洒落《しゃれ》た小物を扱っているだけあって、万事に心憎いまでの気配りが行き届くからこそ、商売が繁盛しているんですよ。その点、あたしは猫馬鹿にすぎませんからね。とはいえ、せめて、ここの口開けは是非、あたしがってずっと思ってたんです。それとあわび宴はあたしの仕切りですから、精一杯、皆さんに楽しんでいただくつもりです」

お亜喜の意欲満々の様子を思い出していた。

——あの傲岸にして傲慢な玉木藩江戸家老根本剛右衛門が宴席に連なって、他の人たちが楽しい時を過ごせるものだろうか？——

季蔵はお亜喜の思いが叶《かな》うことを祈った。

——井本屋敏右衛門も、あの富助さんも玉木藩の出だった。渡り中間の要三の書き置きには玉木藩の名も記されていた。要三はお上を欺いている玉木藩の秘密を握っていて、強請《ゆす》るつもりが逆にお笛と名乗っていた女に操られて、あのような大事を引き起こしたのでは？　その女も自らの意思で行方をくらましたのではなく、口封じに殺されているやもしれず、黒幕は根本剛右衛門？——

そう考えると、三吉を帰した後、あわび宴の仕込みで夜鍋している季蔵はぶるっと身震いした。

戸口を背にして蒸しアワビを拵えている最中であり、すーっとひんやりした秋の夜風が、背中と首のあたりを掠めたせいもあった。

「俺もそう考えはしたよ」

振り向くと蔵之進がそっと中へ入ってきていた。

「俺の考えることは、おまえさんも考える、そう思って気になってここへ来た」

「まあ、少し、温まりましょう」

季蔵は蔵之進に酒を出し、自分はほうじ茶を啜った。まだ仕込みは終わっていない。

「根本剛右衛門と日の本一の鮑玉の元締めである井本屋敏右衛門は、たしかに切っても切れないつながりがあった。根本と井本屋がつるんで自藩だけではなく、他藩からも集まってくる鮑玉の一部を着服し、密売に精を出していたことはすでに調べがついている」

「ならばすぐに――」

言いかけて季蔵は、

――大名家の不祥事は大目付の取り締まりであった。ここは町方である蔵之進様も口惜しく忸怩《じくじ》たる思いなのだ――

その後の言葉を呑んだ。

蔵之進は話を続けた。

「根本が黒幕だとしたら、全てはあやつが糸を引いて、自分たちが私腹を肥やし続けるための障害を、取り除いただけのことだろうな。玉木藩はこの十年、時化《しけ》や凶作が続いていて、飢え死する領民たちが少なくないというのに、江戸表での玉木藩江戸家老の贅沢《ぜいたく》、豪遊ぶりはつとに有名だ」

「ただし、根本剛右衛門が黒幕だったとして、なにゆえ、絡んだ糸を全て断ち切るような始末をつけたのか不審でなりません。生かしておけば、有能な井本屋敏右衛門はまだまだ利得に適《かな》った働きをしたはずです。ましてや、江戸家老の力をもってすれば、刺客を放って、富助さんや要三を始末することなど他愛もないことでしょう？　何もお笛と名乗らせた女を富助さんと夫婦にさせたり、要三に近づけたりしなくてもすんだのではないかと思います」

―あと考えられるのは、根本剛右衛門はこの手の込み入った策を好んでいるのかも――。

ともあれ、一連の事件の真相を知りたい」

蔵之進は苦笑混じりに呟き、

「わたしも同じ思いです。富助さんや要三は弱い心の持ち主で罪こそ犯しはしましたが、あのような酷《むご》い殺され方をされる極悪人ではないはずです」

季蔵は大きく頷いた。


いよいよ、にゃあ屋主催のあわび宴が行われる日の夕刻となった。

昼を過ぎると、すぐに季蔵は横田屋の持ちものとなった仕舞屋《しもたや》へ、アワビ等の食材と調味料、調理器具、皿小鉢等を二度に分けて小舟に積んで堀切を渡った。

――こちらは料理をしなければならないので、積込んだものが崩れて堀に落ちては困ると、堀切渡りは気が気ではないが、訪れる客たちにとっては、小舟渡りはなかなかの風流だろう――

季蔵は積荷をしっかりと押さえながら、よく晴れた空を見上げた。

――今宵は満月のようだし――

季蔵はにゃあ屋のあわび宴で根本剛右衛門に見《まみ》えて、蔵之進ともども何か探り出したいとは思っていたが、宴そのものは盛会であってほしかった。

――根本様が身分を笠《かさ》に着て威張り散らすだろうが、お亜喜さんが上手くあしらって、他には何も起きはしないとは思うが——

仕舞屋の前では、

「よくおいでくださいました」

待っていた横田屋の内儀、おてるが慎ましく頭を下げ、

「いやはや、すっかり、にゃあ屋のお亜喜さんに押し切られてしまいましたよ。まだ、中も外も直しがすっかり済んでいるわけじゃあないんです。お見苦しいところがございましょうが、お許しください」

亭主の倉三は相手が客ではなく料理人だというのに、どこまでも腰が低かった。

「こちらです」

驚いたことに、通された厨《くりや》は客間に隣接していて、襖《ふすま》を開け放つと調理の様子が客たちから見えるようになっていた。

「元の厨はそのままにして、お客様たちに見ていただける厨を拵えました。料理人さんの鮮やかな包丁さばきなんかも、食通の方々には、きっと、味のうちなんじゃないかと思いまして——。女房が言い出して、大工さんたちにお願いしたんです」

——これは恐れ入ったな——

季蔵は一瞬、横田屋夫婦の思いつきに呆気《あっけ》にとられ、

「こちらは気が引き締まる思いです」

檜《ひのき》の香がそこはかとなく漂っている、出来上がったばかりの厨で仕事を始めた。

半刻（約一時間）ほど経ったところで、

「何か、お手伝いいたしましょうか？」

四十歳を過ぎて、小さな島田に結った髪にぱらぱらと白髪が混じっている、小柄で小太りの女が厨に入ってきた。

「申し遅れました、豊蓮尼様のお世話をさせていただいている喜和と申します」

「塩梅屋の季蔵です。ところで豊蓮尼様は？」

「奥で、にゃあ屋のお亜喜さん、若水屋のご隠居様とのお話に花が咲いています。飼い猫の話から、ここの常夜灯をどうしようかなどというお話までいろいろ――」

「なるほど、ここは元は油屋さんなので、常夜灯があるのですね」

常夜灯は火難を防ぐための灯である。回覧板が各家に廻《まわ》り、毎夕交代で火が点《とも》されてきた。

「何でも、ここには年代物の常夜灯があるんだそうです。元の主の斎藤屋さんは、常夜灯の収集で名を知られていたんだとか――。裏庭に集めた常夜灯がずらりと並んでいるのを見せていただきました。中には、権現《ごんげん》様が造らせたとされる、火難除《よ》けの神を祀《まつ》る秋葉《あきば》神社に由来する有名な常夜灯があって、斎藤屋さんはそれはそれは大事になさっていたようです。あ、これは今まで皆様と奥にいて、聞き齧《かじ》ったお話ですよ」

喜和はなかなかの話好きである。

「斎藤屋さんは油屋さんらしく、常夜灯で火難を防ぎたかったのだと思います。ここに常夜灯を置いたままにして店を畳んだのは、ここまでの守りがあるというのに、小火が続いたからでしょう？　あまりの霊験の無さに絶望したのかもしれません」

「小火が続いた時、跡継ぎの息子さんが足を滑らし、堀切に落ちて亡くなったのだそうです」

さすがに喜和は目を伏せた。

すると突然、玄関から、

「無礼者、斬り捨てるぞ」

宴を前にやや甲高い物騒な声が飛んできた。

「まあ、いったい――」

喜和は青ざめて棒立ちになったが、季蔵はすぐに玄関口へと駆け付けた。

大男の根本剛右衛門が、にゃあ屋で見た大きな黒猫を抱いて立っている。

「もたもたするな、早く、やれ」

根本が低いドスの利いた声で命じた。

「覚悟しろ」

眉を吊り上げて刀を引き抜き、相手を睨《にら》み据えているのは、大きな荷物を背負わされてにゃあ屋から出てきた、小柄でよく見れば色白の若者であった。

その刀を突きつけられている相手は、一目で浪人とわかる、乱れた髷は言うに及ばず、継ぎ接《は》ぎだらけの小袖《こそで》とよれよれの袴《はかま》をつけた長身痩軀《そうく》の男だった。

――同じ侍でも大きな差だ。おそらく、刀を抜いている、身なりの整った方はあの時の根本の家来で、名は木村貞之進、もう一人は猫好きなあまり、食い扶持《ぶち》まで猫の餌《えさ》にしてしまうという森田兵五郎であろう――

七

――これはうっかり、声を掛けられない――

季蔵はしばし躊躇《ちゅうちょ》した。

緊迫した空気がこの場を被っている。

「俺は気がつかなかっただけだ、こちらから挨拶をせずに貴殿らの前を歩いたとて他意はない。ましてや今夜の宴は、にゃあ屋が催す、猫好きが気楽にアワビ尽くしを食するものだと聞いていた」

刀はとっくの昔に質屋で流してしまったのだろう、腰に形だけの竹光を帯びた森田兵五郎は、臆《おく》する様子もなく飄々《ひょうひょう》とした物言いで応えた。

「その口のきき方が気に入らぬ。おまえ浪人の分際でこのお方を何と心得る？　玉木藩江戸家老様であるぞ」

忠臣の木村貞之進は色白の顔を真っ赤に染めて怒っている。

「やれといったはずだ」

根本は木村に向けて大きく顎をしゃくった。

「ふーん」

森田は木村ではなく、根本の四角く暑苦しい顔から目を背けた。

「生意気な」

怒り心頭に発した根本が腰の刀に手を掛けかけたその時、廊下を走ってくる足音がして、

「まあまあ、いったい、どうなさったんです?」

お亜喜が根本の腰へと伸ばした右手をとって封じた。

「嫌ですよ、こんな楽しい宴に殺傷沙汰《ざた》なんて」

「うむ」

根本は好色そうな目になった。

「それにね、今日はあわび宴の他にも、根本様にも喜んでいただけることがあるんです。どうやら、ここの主が中庭に捨て置いていった常夜灯の何基かが、もの凄いお宝らしいんですよ。何でも、権現様の銘が入ったものがあるんだとか。骨董屋《こっとうや》裸足《はだし》の目利きである、若水屋さんの御隠居さんがおっしゃるんだから間違いありませんって。権現様が千代田のお城や御城下を造られた頃の市中は野っ原でしたでしょう? だから、火難でせっかく築いたお城や市中がまた、元の野っ原になるのを案じられて、特別な常夜灯を造らせたんじゃないかって、若水屋さんはおっしゃってます。権現様の銘は金で入ってるんで、もともと金で造らせた常夜灯を、練り上げた固い石砂で被ってる物かもしれないそうですよ。今でも、火難の他にも洪水やら大雨やらで市中は乱れて、何かと物入りのことが多いですも

のね。そんな大事の時のためにと、権現様が、すぐにお金に替えられる金を、常夜灯の中にお隠しになってても不思議はありませんでしょ？」

「常夜灯といえば庭の灯籠《とうろう》ほどは大きさがある。それが一枚、剝げば金で出来ているというのか？」

根本はごくりと生唾《なまつば》を呑んで、

「そのお宝、何とか買えぬものかな？」

物欲と好色が入り交じった目をお亜喜に向けた。

「ここはもう横田屋さんの持ち物ですが、料理屋を商うのに常夜灯は一つあればいいと言っていて、今夜を開業の日と定めて、十七基ある常夜灯は一基だけを残して、お客様方の言い値でお分けすることに決めたんだそうですよ。ただ、元の持ち主の斎藤屋さんは、この引き渡しに際しての目録に、〝家運を上げるため、大枚をはたいて権現様の銘ある常夜灯を集め続けた〟と書かれてるんです」

「ということはどれにも、権現様の金の銘が入っているということだな」

「そのようです」

「火難はいつ、どこででも起きる。十七基すべてが金塊で出来ているかもしれぬな」

根本は目だけではなく、顔の皮膚までも、興奮と狂喜のあまり滲み出てきた皮脂でぎらつかせている。

「早速、その常夜灯を見たい」

「でしょう？　是非ともご覧になってお買いもとめくださいな、でも、今しばらくお待ちください。〝常夜灯の中の金は火を点してこそ、浮き出て見えてくる〟とも斎藤屋さんは書かれています」

「ならば若水屋の隠居とやらの話を聞きたい」

「すぐご案内いたします。横田屋さん夫婦もお待ちです。それから女隠居でもある豊蓮尼様も、ご家老様にお目もじするのを恐れ多くも楽しみにされております」

「横田屋には祝儀の代わりにわしに献上しろというつもりだから、用があるが、豊蓮尼とかいう女隠居には会いたくなどないぞ。婆《ばばあ》など面白くもおかしくもない、願い下げだ」

吐き捨てるように言った根本だったが、

「まあまあ、そうおっしゃらず、あたしの顔も立ててくださいな、皆様、それはそれは待ち焦がれておいでだったんですからね」

「おまえの望みとあらば——」

お亜喜にとられた手を引かれると嬉々《きき》として廊下を歩き始めた。

こうして、根本と森田との揉《も》め事は大事に到らず、根本は木村を従えて、裏庭が見える奥の部屋へとお亜喜に誘われていった。

「豊蓮尼様のことをあんな風にあしざまに——何って品の悪い男なんでしょう！」

豊蓮尼に仕えている喜和は眉を吊り上げた。

「流れが変わってこちらは安堵《あんど》した」

森田は末席とはいえ、皆と同じ客間に設えてあった、自分の膳を季蔵の立っている厨に移した。

「これなら大丈夫だろう、もうこれ以上因縁はつけられたくない」

宴の刻限となり、蔵之進が姿をあらわし、上座の根本剛右衛門の次席に座った。

蔵之進が名乗ると、

「何だ奉行所役人か」

相手はふんと鼻を鳴らした。

「それはもう、根本様よりお偉い方などここにはおいでになりませんゆえ。いやはや、このようなお目通り、恐縮しごくでございます。それがし、一生の晴れがましき思い出となりましょう」

蔵之進は意外にも機嫌取りの芸が上手かった。

しかし、酒と口取りの熨斗アワビ等が供されると、

「気に入らぬな」

根本は傲然《ごうぜん》と言い放った。

「何か、ご無礼がございましたか？」

季蔵は初めて根本に向かって口を開いた。

「熨斗アワビは伊勢《いせ》神宮のものと心得る。京に都があった頃のことが思い出され、これは帝の政《まつりごと》の印とも言える。諸大名が一丸となって上様にお仕えする、今の時世には合わぬ

もの、悪くとれば上様への反旗よな」

——武家でも熨斗アワビは贈答品の酒樽等に添えられている。何という因縁の付け方なのだろう——

季蔵は愕然《がくぜん》としてしばし言葉を失った。

すると、若水屋の隠居純光が、

「たしかに根本様のお話に一理はございましょうが、公方様の許《もと》にお大名様方がお集まりになって、菓子を賜る嘉祥食い《かじょうぐい》はそもそもが京のしきたりでございます。千代田のお城では、嘉祥食いの他にも京よりの良き習わしを、さらに良きものとして、市中に広めてきておいでなのだとわたくしは思っております。不肖わたくしども若水屋も菓子に限って、公方様のお心に添うべく精進してまいりました。この熨斗アワビも同様と思われます。熨斗アワビは伊勢神宮の作り手が神業を発揮して伸ばし作ると聞いております。塩梅屋さんはさぞかし尽力されたことでしょうし、その心が公方様ではなく、都の方を向いているとは、わたくしには到底考えられません」

静かな口調で取りなした。

「まあ、権現様の常夜灯にまで通じている、そなたの言うことなら一理あろう。たしか、先ほど、中に金塊が入っていない、石だけで出来た常夜灯でも、権現様ゆかりのものという書き付けさえあれば、骨董の価値は相当なものだと聞いたが、間違いはなかろうな」

根本の顔は変わらずぎらついている。

「間違いございません、然るべき骨董屋に書き付けを書かせるとお約束いたします」

若水屋は年齢にしては血色のいい顔で微笑んだ。

「ならばあの十六基、全部を買うことにする」

「ありがとうございます」

横田屋の主が深々と頭を垂れると、

「あら、まあ、残念。わたしも一つ欲しかったのに――」

豊蓮尼がため息をついた。

「わしのものだ、誰にもやらぬ」

根本は凄《すご》みのある目で相手を睨み付けたが、

「よい買い物をされましたね」

豊蓮尼はさらりと躱《かわ》し、

「ただ常夜灯が庭とはいえ、外に置かれているのが気になります。ここは堀切で隔てられた場所ではありますが、わたしなら用心いたします。あなた様もくれぐれもご注意なさらないと――」

小首をかしげた。

「行けっ、わしの宝を見張るのだっ」

根本はアワビとろろに箸をつけていた木村に鋭く命じた。

「承知いたしました」

木村は箸を置くと、飛ぶようにしてとっぷりと日暮れた庭へと出て行った。

その後、作られた料理が振る舞われていく最中、

「にゃあ屋の宴でございますので、ここで一つ、二つ、演《だ》し物をお願いしたいと思います」

お亜喜は根本に向かって目配せして科《しな》を作った。

八

「根本様、まずは一太郎様の芸を皆様にお見せくださいな」

お亜喜が促すと、

「まあ、見せぬでもないが——いいか、一太郎、おまえにも今以上のいい夢を見せてやるからな、得意な芸を披露して待っておれよ」

欲のためか、心ここにあらずの根本は愛猫の一太郎に頬ずりするとお亜喜に手渡して、

「段取りはわかっておろう、わしは何やら急に腹が渋ってきたゆえ、ひとまず厠《かわや》へ行く。後はよろしく頼む」

「わかりました。けれど、あの段取りまでには必ず戻ってきてくださいよ」

「もちろん、もちろん」

根本が部屋を出て行った後、松笠アワビの三種が供された。

「これは素晴らしい」

いの一番に若水屋純光が感動の一声を上げ、愁眉《しゅうび》が開かれるとはこのこと
「今までアワビ焼の楽しみ方を知らないでいた気がします。愁眉が開かれるとはこのことですね」

豊蓮尼が相づちを打った。

「ここまで美味いとさすがに猫にはやれんな」

森田は厨の片隅で唸《うな》った。

「皆様にこれほど喜んでいただいて恐縮です。塩梅屋さんに感謝です」

横田屋夫婦は頭を垂れ、

「あたしは横田屋さんの思いつく大人気の小物と同様だと思いますけど、勿体ないから流行《は》らせたくはないわね。ここだけの味、あたしたちだけの松笠アワビ、江戸あわびってことにしたいくらい――」

お亜喜は季蔵に向かってにっこりと笑った。もっとも、三種の松笠アワビを七輪の丸網や鉄鍋で焼くのを手伝っていた喜和だけは、

「あたし、凄い料理のお手伝いだなんて、わかってなくて――。ちょっとばかり、豊蓮尼様に料理を褒められてたからって、怖いもの知らず、身の程知らずでした。焼き損じなくてほんとによかった」

緊張の面持ちで胸を撫《な》で下ろし、

「気持ちの籠《こ》もった丁寧な焼きでした。この後もよろしくお願いします」

季蔵は労をねぎらった。

蔵之進は季蔵だけにわかるように、拳《こぶし》を作って見せて松笠アワビ三種の味を讃《たた》えた。

根本が陣取っていた上座からは一段高い舞台が見渡せる。揃《そろ》った木目の板敷きの上で、根本の飼い猫の一太郎が芸らしきものを披露していた。

「まずは一太郎様お得意の穴抜けです」

お亜喜は一太郎を顔の幅よりやや大きめな穴が開いている、四角い木箱に入れて蓋を閉めた。

すぐそばに冷ました蒸しアワビの茶碗蒸し、クロアワビの刺身、松笠アワビ三種、揚げたての天麩羅が皿に載せられている。

一太郎は猫にしては小型犬の狆《ちん》よりも大きい。ご馳走に釣られて何とか顔は出したものの、なかなか胴体は穴を抜けられない。

「これが芸か？　猫が気の毒だ」

森田が怒りの声を発した。

一太郎は食べたさ一心で格闘を続ける。そもそも猫は身体がしなやかで筋肉の伸びもいい。とうとう一太郎は穴の倍はゆうにある黒い胴体を伸びきらせて、穴を潜《くぐ》り抜けるとアワビ料理に突進した。

「お見事、お見事、一太郎様」

いつ戻ってくるかしれない廊下を歩く根本の足音に、耳を澄ませつつ、お亜喜だけが両手を叩いた。

食べ終えて蹲《うずくま》り、眠たそうに目を閉じた一太郎だったが、

「次は一太郎様の若武者ぶりです」

抱え上げたお亜喜は、根本が木村に命じて用意させていた小袖と袴、小刀と鉢巻きを一太郎に着けさせた。

観念している一太郎は大人しくされるがままになってはいたが、舞台に立たされると不興げに、にゃあと一鳴きした。

客たちが無言で白々としてきている場を取り繕うように、

「根本様が一太郎様のために特別に誂《あつら》えるよう、にゃあ屋にご注文いただいた一式でございます」

お亜喜が説明を加えた。

「ははは、猫の若武者ぶりとは考えたものだ。なかなか面白いが当の一太郎は裸になりたい様子だな」

蔵之進が勢いよく笑い飛ばすと、

「腹も満ちたことでしょうし、猫なら眠りたいところでしょうな」

若水屋は苦笑し、

「早く脱がしてやってくださいな」

豊蓮尼が真顔でお亜喜を促した。

こうして、若武者ぶりから解放された一太郎は、やや重そうに庭のある外へと飛び出して行った。

「実はこれからが楽しい趣向なのです。皆様にご協力をいただきます。まずは今しばらく、お着替えになっている森田様をお待ちいたしましょう」

季蔵は厨に膳を移していた森田の姿がないことに気がついた。

「茶ぶち猫、兵五郎参上っ」

白と山吹茶の棒縞の着物を着流している森田が入って来た。

頭に猫のお面をひょいと被っている。

この時のために特別に拵えたと思われる猫の面は、張り子で出来ていて、ぴんと立った両耳、その両耳の間には前髪を想《おも》わせる、金茶色、あるいは藍墨色が踊っていて眩《まぶ》しい。

また若草色の二つの丸の中には黒く大きな瞳《ひとみ》が光り、鼻先は桜色で、髭は黒い線で描かれていた。

「おや、まあ」

「何と面白い」

「考えたものですね」

「可愛い」

どこからともなく歓声がこぼれた。

「お褒めいただいて、苦労した甲斐《かい》があったとほっとしております。実は猫好きの皆様に各々の飼い猫の身体の色や柄をお聞きして、この会の良き思い出にしていただけるよう、お土産にと着物に仕立ててみたのです。ただし、さまざまなお面を用意するのは、あまりにかかりが大きすぎるので、猫ちゃんたちのお顔はこのお面一種類でお許しいただきました。それから帯も皆様黒一色です。これもかかりの都合上ですが、手前味噌ながら、悪くない組み合わせだとも思えます。一番始めに森田様にこの猫着物と猫面をお召しいただいたのは、〝ああ、そうか〟とだけおっしゃって、お試しくださるのではないかと思ったからです。この手のことは意外な試みがご自分の身に突然振ってきて、あっと驚くからこそ、楽しさも倍増するものです。それでは次は横田屋さん夫婦をお待ちしましょう」

森田の猫着物姿に見入っている間に立ち上がったのだろう、横田屋夫婦はすでに席にいなかった。

「おいでになりました」

舞台の上に迎えられた横田屋夫婦は、恥ずかしそうに小柄な身体を寄せ合って立っている。倉三は猫面を首の後ろにかけ、おてるは森田を真似て頭に被っていた。

――猫柄を模したと言われなければ、ご主人の倉三さんは亀蔵《かめぞう》小紋を、お内儀のおてるさんは雹《ひょう》小紋の着物姿のように見える――

亀蔵小紋は大小の渦巻き模様を散らした小紋柄で、倉三の猫着物は、白地に金茶色、焦げ茶色、薄墨茶色の渦巻きが描かれていて、まさに三毛猫そのものであった。

また、藍墨茶の地に細かい焦茶色の点と、大きな金茶色の点を混じらせて不規則に散らし、空から降る雹に見立てたおてるの雹小紋もまた、多少、様子の変わった三毛猫である。

「ご説明しなくても、皆さん、横田屋さんの飼い猫二匹の様子がおわかりでしょう。さあ、いよいよ、ご隠居様、お二人、よろしくお願いいたします」

お亜喜は若水屋と豊蓮尼に声をかけた。

「わたしたちもですか？」

若水屋が困惑顔になると、

「面白そうではありませんか。こんな年齢《とし》になって、猫着物を着て猫になったつもりになれるなんて、にゃあ屋の女将さんのおっしゃる通り、そうそうあることではありませんよ。さあ、まいりましょう」

豊蓮尼は軽快に言い放つと若水屋を促して立ち上がり、廊下へと消えた。

「なかなかわたしの番は来ないのだな」

二人を見送った蔵之進がふと洩らした。

「伊沢様は猫はお好きでも飼われておられません。となると、どんな猫着物をお合わせしたらいいか、見当がつきかねました。ですから、伊沢様には猫着物は着ていただくことはできません。申しわけございません。この通りです」

お亜喜に頭を下げられて、

「ならば仕方ないな」

蔵之進は不満そうにため息をついた。

しばらくして、舞台に二人の隠居が立った。

「さすがにこれはちょっとね」

「年寄りには似合いませんよ」

二人とも猫面は手にしているだけである。

「若水屋様のお着物は丁子《ちょうじ》色と金茶色の非常に細かい微塵《みじん》格子です。とても毛色が綺麗《きれい》な赤トラを飼われています。豊蓮尼様が飼われている猫ちゃんは、手足や胸などが白く、背中や尾、頭や耳等は金茶の赤ぶちですので、幅広の白と金茶色の碁盤格子の猫着物にしてみました。皆さんいかがですか？」

お亜喜が季蔵の方を見たので、

「猫を慈しまれてきた年季と相俟《あいま》ってか、どちらもしっくりとお似合いです」

季蔵は思った通りを口にした。

「ところで根本様はまだ戻られていませんが――」

蔵之進が切りだした。

「ぼちぼちとは思いますけれど――どうなさったのかしら？」

お亜喜は小首をかしげた。

「根本様なら中庭に並んでいる常夜灯をご覧になっていました。灯《あか》りが点されているので、時折、ちらちらと見えることもある、中の金の様子を確かめたかったのでしょう」

若水屋が応えて、

「そうそう、着替えは奥の客間の隣なのでそこからは中庭が見えるんですよ」

豊蓮尼が相づちを打ち、

「先にわたくしどももそのお姿を拝見いたしました。お声をおかけするのが怖いくらい、熱心なご様子でした」

横田屋の主倉三も内儀のおてると一緒に大きく頷いた。

九

「そうは言っても、気になりますね。出番を忘れてしまわれていると困りますし。あたし、ちょっと見てきます。あたしもそろそろ着替えないといけませんし」

お亜喜が席を立った。

「まあ、すてき」

「上背があるせいか、すっきりとよくお似合いですわ」

戻ってきたお亜喜を見て、豊蓮尼と喜和が感嘆した。

「この着物は錆《さび》利休色の地に白く細いよろけ縞《じま》が走っていて、うちのサビ猫うたげの毛色を模しました。実は猫面はうたげの顔にしたのでほら、このように――」

お亜喜は猫面を首輪のように吊《つる》している。

「根本様は？」

今度は季蔵が訊いた。

一着替えの部屋は隣り合っていて男女別なのです。わたしが着替えて出てきた時、隣の部屋の障子が閉まる音がしました。今、お着替えになっているのだと思います」

「最後になるわたしもそろそろ準備をした方がよろしいですね」

喜和が廊下へ出て、ほどなく、晴れて月の見えていた夜空がずっしりと重い墨色に変わり、ざーっという音と共に大粒の雨が降ってきた。

季蔵は森田と共にすぐに縁側へと走ると、雨戸を閉めて灯りの数を増やした。

「ご苦労様です」

若水屋が頭を下げて礼を言った。

「根本様だけではないのですね、すぐにご機嫌が悪くなるのは――。何と秋の空までとはね。ああ、でも、根本様が雨の降る前に着替えの部屋に入られて何よりだったわ」

お亜喜は独り言を呟いた。

「月が翳《かげ》ったのは残念ですが、料理の方はまだまだ続きますので、アワビを月と見立ててどうかご堪能《たんのう》ください」

季蔵は料理の後半、アワビの酢の物、姿アワビ、アワビ寿司、アワビの清汁、そして甘味の変わり麩の焼に取りかかった。

「にゃぁーん」

猫の甘え声を真似《まね》て喜和が入って来た。

――この声、どこかで聞いたことがある――

ただし、季蔵はどこで聞いた声なのかまでは思い出せなかった。

——気のせいだろう——

喜和は猫面を顔に被っている。

「喜和さんの猫着物は、白地に鼠《ねずみ》色の太い筋の脇《わき》に細い筋が走る童子格子です。飼われているのは、身体の上側が鼠色の縞柄で足や手が白い黒ぶちです。猫面をきちんと被った方は喜和さんが初めて。とても可愛い」

お亜喜の言葉に、

「にゃぁーん」

喜和はやはりまた鳴き声で応えると、本物の猫にでもなったかのように、豊蓮尼の後ろに控えるように座った。

——もう、手伝いはしてくれないようだ——

妙な違和感を感じつつ、季蔵は料理を作り続けた。

「まだ、おいでになりませんね」

蔵之進と季蔵の目が合った。

——これはいかんせん、おかしいのではないか？——

——わたしもそう思います——

「厠へ行きます」

蔵之進が立ち上がり、

りますが、雨が小降りになってきましたので、小舟の中から、忘れてきてしまった器を取ってまいります」

手燭《てしょく》を用意して季蔵も廊下へと出た。

男の着替えの部屋に急いで障子を開けた。畳の上に根本が着ていた小袖と袴が散らばっている。

「ここで着替えてはいるようだ」

二人は常夜灯が並んでいる中庭を見た。

中の蠟燭《ろうそく》は消えていて、様子はわかりかねた。

「ともあれ、下に降りてみよう」

手燭を頼りに、ぬかるんだ土を踏んで立ち並ぶ常夜灯の前に立つと、

「うううううっ、うううっ、ううっ」

庭の隅にある小さな道具小屋から人の呻《うめ》く声がした。

「もしや――」

蔵之進が道具小屋の引き戸を引いた。

「うっうう、うっうっうううっ」

そこには荒縄でぐるぐる巻きにされ、猿ぐつわを嚙まされた木村貞之進が囚《とら》われていた。蒼白《そうはく》ではあるが、髷の元結いが外れ、ぱっくりと空いた傷口に血が溢《あふ》れ、顔に流れ落ちている他は、たいした怪我《けが》はしていない。

――髷と着物、草履が濡《ぬ》れている――

季蔵はまずそれに気がついた。

――ただし縄は濡れていない――

季蔵は木村の縄を解き、手拭《てぬぐ》いの猿ぐつわを外してやり、

「何か起きたのか？　話せ」

蔵之進が話を促した。

「そ、それがしは御家老様の命により、ここで見張っておったのだ。しばらくは何事もなかった。だが、突然、後ろから頭を殴られて昏倒させられた。時がどれだけ過ぎたかは、ここに放り込まれていたので見当もつかない。ただ、〝木村、木村、どこにおるのだ？何をしているのだ？　この役立たずが――〟という、それがしを呼ぶご家老様の声を聞いたような気はした。ほどなく、〝な、何をする〟という悲鳴に変わったような――。しかし、それも夢の中での出来事だったかもしれず、全ては定かでない。今、ここで思い知ったのは、それがしが取り返しのつかない不始末を負ってしまったということだ。お宝の常夜灯は？　盗まれてしまったのか？」

木村は青ざめた顔のまま、中庭に目を遣り、一基、二基――と常夜灯を数え上げて、

「よかった、重さが幸いして盗まれてはいなかった。これでご家老様に責めの自害を申し渡されずに済む」

まっと胸を撫で下ろしてから、やっと、

「御家老様はご無事であろうな？」

念を押してきた。

「それはどうかな」

蔵之進は土の上に目を凝らした。

大雨がおおよその痕跡《こんせき》を消してはいたが、大きな物が引きずられた跡がまだ残っていた。根本を横倒しにして引きずれば見合う跡のように見える。

「どうなさいました？」

戻らない二人を案じてお亜喜が探しに来た。元結いが外れたざんばら頭で、顔が血まみれの木村を目にしたお亜喜は、

「ああ」

悲鳴を上げる代わりに頽《くずお》折れそうになり、

「しっかりなさい」

やはり、駆け付けた豊蓮尼に抱き抱えられた。

「木村殿の介抱をお願いします」

蔵之進は豊蓮尼に軽く会釈すると、

――この跡を辿《たど》ろう――

季蔵を促して歩き始めた。

雨はすでに止《や》んでいる。

堀切の前まで来た時、

「見慣れぬ小舟があります」

季蔵は自分たちが乗ってきた秋月亭の小舟とは異なる、一回り小さい一艘《そう》に気がついた。

手燭を近づける。

「根本様はここです」

季蔵は蔵之進を振り返って目を伏せた。

根本剛右衛門が刺されて殺されていた。

「これだな」

蔵之進は凶行に使われたと思われる、小舟の底に転がっていた出刃包丁を取り上げた。

季蔵は骸の傷を仔細《しさい》に調べて、

「命を奪った傷を含めて深い傷が五箇所、浅いものが四箇所、合わせて九箇所の傷があります。根本様は心の臓を一突きされて亡くなった後、次々に胸や腹を刺されています」

蔵之進に告げた。

「何者かが恨みを込めて、息絶えた後も刺し続けたのであろう。その何者かは外からやってきて、ここに潜んでいた者ではないかと思う」

蔵之進は言い切った。

「すでに見当がついているのですね」

「俺はおまえさんが追っていた、富助の女房お笛を名乗っていた女の姿を、この堀切の近くで見たという話を耳にしていたのだ。ここにお笛が潜んでいるのだとしたら、なにゆえ、要三を操って、井本屋に富助を殺させる必要があったのか、どうしても聞きたかった」

「それであなたはここへおいでになったのですね」

「そうだ。お亜喜から横田屋夫婦がここを宴の場所に決めたと聞いた時、お笛のことを思いだして何やら胸騒ぎがした。しかし、猫好きばかり集まるにゃあ屋の顧客接待の会で、何が起きるかはこうなってみるまで皆目見当がつかなかった」

「そうでしたか――」

――そんなはずはない、蔵之進様の証集めと眼力をもってすれば、真相に近づいておられたはずだ――

「おまえさん、俺が惚《とぼ》けていると思っているな」

「ええ」

「おまえさんばかりは謀《たばか》れぬな。実は真相らしきものは摑んでいた。玉木藩江戸家老根本剛右衛門の悪行もここに書かれている。奴は国許の領民たちが飢えに苦しんでいるというのに、井本屋と組んで鮑玉売買の不正でのし上がり、反する勢力は斬って捨て、ひたすら私腹を肥やしてきたげす野郎だ。恨まれて、このような死に方をして当然だという気もしないではない」

　吐き出すように言った蔵之進は、懐から、びっしりと文字の並んでいる書を取り出して季蔵に渡した。

「何年か前の玉木藩での内争を知る者が見つかり、密かに聞き取りができたのだ。下手人の絞り込みも含めて、俺はどう始末をつけていいものか迷っている。根本への悪感情が判断を鈍らせるのだ。冷静なおまえさんに託したい」

「そうおっしゃられても――」

季蔵は急いで文書に目を通して、

「これは――」

絶句した。

――わたしとて、これを読んだ今は根本様の死に様に同情はできない――

「とはいえ、如何《いか》なる理由があろうとも殺しは大罪だ。おまえさんならば、根本剛右衛門を亡き者にした者を言い当てられるはず。まずは皆の前で、下手人の正体を暴いてほしい」

「わかりました」

頷いた季蔵は屈《かが》み込んで船底に見えている藤紫色の布を拾い上げた。それは茶の湯で使われる袱紗《ふくさ》で、濃紫の糸で歯鬼野という縫い取りがされていた。

――もしや――

十

宴が開かれている座敷に戻ると、季蔵はまだ供していなかった変わり麩の焼を作りあげ、菓子皿に菓子楊枝を添えて客たちの膳に配った。

すると、猫面を外した喜和がさっと寄ってきて、

「お手伝いします」

ほうじ茶を淹《い》れてくれた。

季蔵が秋月亭の中をくまなくひとまわりし、客たちが甘味を食べ終えるのを待って、蔵之進は根本剛右衛門の死を告げた。

客たちは一様に驚いて言葉を失い、頭を垂れて俯《うつむ》いた。

木村貞之進だけが、

「役立たずで御家老様を大事に到らせてしまったこの身が責められる」

脇差しを自分の腹に突き立てようとして、

「やめろ、命は大切にするものだ」

森田兵五郎が力尽くで止めた。

「根本様は刺し殺されていたとおっしゃいましたね、いったい誰の仕業なのか――」

お亜喜は血を流していた木村を、目の当たりにして仰天した時よりずっと落ち着いている。

「あの常夜灯――」

若水屋純光が呟き、

「やはり盗賊の仕業ですね」

豊蓮尼が相づちを打った。

「根本様の無残な骸はここでは見かけていない小舟に乗せられていました。あの小舟はせいぜい乗れて二人です。堀切を渡ってきた小舟であったとしたら、骸の分を引くと乗れる人は一人です。盗賊は一人では盗みを働かないはずです。しかも、根本様は大きく目方も重いので、ごく軽い小柄な者ということになります」

季蔵は盗賊説を否定した。

「その者が泣く子も黙る盗賊の仲間で、まずは偵察の役目を担っていたとは考えられませんか？」

倉三が口を開き、

「何しろ、中庭の常夜灯はたいそうなお宝なのでしょう？　だったら、盗賊が目をつけていても——」

喜和が言い添えた。

「中庭の常夜灯は斎藤屋が空き家になってから今までずっとあそこにありました。偵察が目的ならば、何も客の集まるこの日を選ぶこともないはずです」

「横田屋さんがここを買って、宴を催すと知って、賊はあわてたのではないかしら？」

お亜喜の言葉に、

「ならば、あのような小舟一艘で堀切を渡りはしないはずです。何しろ、金であれ、石であれ常夜灯は重い上に、十七基もあるのですから」

季蔵は首を横に振った。

「でも、金で出来てるのは一基しかないかも――。石だけのは持ち帰らずに、金だけのを選ぶつもりだったのかもしれない」

お亜喜は持論を曲げず、

「それを吟味しようとしていて、根本様とばったり出くわしたのかもしれませんね」

おてるが加勢した。

「ところで、あの常夜灯がお宝だという話はどこまで広く、世間に知られているのでしょうか？」

季蔵は若水屋に訊いた。

「もとより瓦版《かわらばん》に載るような話ではありませんが、骨董屋は言うに及ばず、骨董好きは知っていると思います。もちろん盗賊の耳にも入っているでしょうね」

純光は淡々と応えた。

「そうだとすると、ますます不審です。盗賊ならば、人が歩くのさえ躊躇《ためら》う闇夜をあえて選び、何艘もの小舟を連ねて堀切を渡ることなど、いとも簡単だと思うからです。そして、とりあえずは中庭の十七基全てを盗み、自分たちの隠し場所に運んで、ゆっくりと金か石かを調べれば済みます。こうすれば、偵察に訪れることさえ必要ありません」

季蔵はきっぱりと言い切った。

「するとあなたは、にゃあ屋のお客様たちの中に、根本様を殺《あや》めた下手人がいるとでもおっしゃるのですか？」

倉三は常の腰の低さとは打って変わった、詰問調になった。

「酷いわ、酷すぎる」

お亜喜が片袖をそっと目に当てた。

「ここへいらしたお客様方が手を血で染めたなんて、断固考えられません」

少女の雰囲気が残るおてるも、眉を引き攣《つ》らせて気丈さを見せた。

「わたしは根本様殺しの下手人は、この家の中にいると思っています」

「するとわたしら夫婦も疑われているのか？」

倉三はとうとう形相まで変わった。

「あたしまで？」

お亜喜は怒った猫のような目で季蔵を睨み付けた。

「この家の中にと言いました。まだどこかに一人、潜んでいるはずです」

季蔵はさらりと言ってのけると、

「たしかに、何とも不愉快なあの男を殺したい奴は多いだろうよ。ここにいる人たちの中にもいるだろうさ。俺なんて、挨拶の仕方が悪いっていうだけで、斬《き》り捨てられかけたんだからね。ただ、人って奴は、心の中で相手を殺したいほど憎んだり、恨んだりしてても、いざとなると、なかなかできないものだと思う。心で思ってるだけなら、罪にはならないはずだ。ここにいる誰かが、下手人だと言いたいのなら、その証を話してほしいものだね」

森田がふわふわと笑いつつ、目を鋭く尖らせて挑んできた。

「わかりました。それでは順を追ってお話ししましょう。まずはこのあわび宴はどうして開かれたかです」

季蔵はお亜喜の方を見た。

「それは日頃、にゃあ屋を御贔屓《ごひいき》にしてくださってるお客様方への御礼です」

お亜喜は型通りの返答をした。

「特に根本様への御礼でしたね。そのために舞台では根本様の飼い猫である黒猫の芸を愛《め》でました。当初は身分を取り払った猫好きの宴であった計画が、根本様のご機嫌取りの宴になった――」

「根本様はうちの最上客様でしたので」

お亜喜は項垂れ、

「とかく、無理が通れば道理が引っ込むものですぞ」

若水屋が庇った。

「それにわたしたちに猫着物を誂えてくださったんですもの、充分ですよ」

豊蓮尼も助太刀する。

「皆さんが猫着物に着替えて舞台に立つという趣向ですが、これは殺されていた根本様も一太郎を想わせる大島紬姿でした。生きて宴席に列《つら》なっていたら、〝自分だけ特別ではない、皆と一緒だ〃と怒り出したのではないかと思います。どうして、そうなるとわかっていた趣向にしたのか、わたしにはわかりかねるのです」

　季蔵はじっとお亜喜を見つめた。

「それは――」

　お亜喜は応えようとしたが、ふさわしい言葉が続かなかった。

「根本様はお宝の常夜灯に夢中でしたので、怒りはそれほどではなかったのかと――」

　今度はおてるが助け船を出した。

「なるほど。しかし、別の見方をすると、着替えた根本様が宴席に戻ってくることはないと下手人は知っていて、あのような趣向を考えたのではないかと――」

「あ、あたしがげ、下手人だと？　あたしはただ皆さんに楽しんでいただきたいとだけ――」

　お亜喜の声が掠《かす》れた。

「あの趣向は楽しむだけのためではなかったと思います。もっと肝心な目的があった。お亜喜さんが説明をしながら、入れ替わり立ち替わり、森田様、横田屋さん夫婦、若水屋のご隠居様と豊蓮尼様、当のお亜喜さん、最後は喜和さんでしたが、皆さん、奥の客間の隣にある男女の部屋に分かれて着替えをなさっています。そして、その各々の部屋からは並んでいる奥の客間同様、常夜灯のある中庭が見えます。おそらく、根本様を一撃で倒す役目だった木村様の猫着物は、用意されてなかったはずです。根本様の欲深さを知っていた横田屋さん夫婦、若水屋のご隠居様と豊蓮尼様、お亜喜さんは、宴の始まる前、奥の客間で常夜灯のお宝話をさんざん根本様に吹き込んだにちがいありません。必ずや根本様が着替えをした後、一人でこっそり、お宝を間近に見るため、中庭に下りると読み切っていたのです。着替えの一番が森田様だったのは、木村様が急所を外すか、反撃にあった時、根本様に止《とど》めを刺す役目だからです。次が横田屋さん夫婦なのはおそらく、倉三さんが元武士で武芸に通じていたからでしょう。倉三さんが武家の出だと先ほどの口調ではっきりとわかりました。若水屋のご隠居と豊蓮尼様も同様です。ただし、このお二人の場合は豊蓮尼様の方が御武家の出で、武芸をたしなまれたことがあるはずです。そして、お亜喜さん、喜和さんと続きます。わたしは料理に手を取られて動けず、伊沢様には飼い猫がいないという理由で着替えは用意されていませんでした。根本様殺しに関わりのないわたしたちに、中庭に近づいてほしくなかったからです」

「わたしが是非、招いてほしいと言った時は、さぞかし迷惑であったろうな」

蔵之進は唇を噛んだお亜喜の方をちらと見て、季蔵は一度言葉を切った。

夜はまだ明ける気配がない。

十一

「あなたの話していることは戯《たわ》けた絵空事だ」

倉三は苦虫を噛み潰したような渋面で季蔵に迫り、

「訊きたいのは確たる証だ」

森田が大きく頷いた。

「御存じでしょうが、お亜喜さんが席を立った頃から雲行きがおかしくなりました。すでに根本様は九箇所の傷を負った骸になり果てて、中庭に転がっていたはずです。殺された根本様、南町同心の伊沢様を除くと、あわび宴の人の数はお亜喜さんを加えて八人です。この傷は九箇所なので一人足りませんが、実はもう一人潜んでいる仲間の者がいたのです。この者も深く突き刺し、積年の恨みを晴らしていたはずです。目的を終えた後で、中庭にいた木村様、お亜喜さん、喜和さんは、今まで身分も素性も隠し通し、夫や世間を欺き通してきた者の咄嗟の思いつきで、盗賊の仕業に見せかけようとしたのです。おそらく、〝死んで当然のこんな悪人を殺してお縄になり、死罪になるのは馬鹿げてる〟というような説得だったのでしょう。三人はやり手の仲間のこの思いつきに乗りました。宴を催しているお亜喜さんは、あまり長く席を空けることができずに、ぬかるみの中で雨に打たれつつ、巨体の骸を堀切まで引きずっていく時はありませんでした。それで席へ戻ってきたお亜喜さんは少しも濡れていなかったのでしょう。ところが遅れて入ってきた喜和さんもまた濡れてはいなかったのです」

「そもそもがおまえの勝手な思い込みゆえ、濡れてなどいないのだ」

木村が白い顔を真っ赤に上気させた。

「猫面を被った喜和さんは話をしませんでした。にゃあーんと猫の鳴き真似をしただけです。話さなかったのはわたしがそこに居たからです。それでもわたしは聞き覚えのある声だとは思いましたが――。こればかりはおそらく当人も意外で驚き、それで仕えている豊蓮尼様の近くから動かなかったのです。今、ここにいて、先ほどほうじ茶を淹れてくれた喜和さんとは別人でした」

「わたしは喜和です、別人などではありません」

喜和は真っ青になって震えだした。

「ここにいる喜和さんは木村様と二人で濡れ鼠になりながら、根本様の骸を堀切へと運び、長く潜んでこの家に通じている仲間は菅笠の在処も知っていて、それを被り、堀切の行き来用とは別に、火難時用の小舟がしまわれている蔵へと走ったはずです。小舟とはいえそこそこは重いのでしょうが、幸い大雨が地面の滑りをよくしてくれていたので、運びきることができ、三人掛かりで根本様の骸をそこに納められたのでしょう。ただし、先に申し上げたように、これでは盗賊の仕業にはとてもなり得ません。その後、喜和さんはこの姿ではとても、宴席に戻れないとわかり、濡れていなかった仲間が機転を利かせました。まだ喜和さんが猫着物に着替えていなかったのを幸いとばかりに、自分が着替え、猫面をつけて舞台に上がったのです。木村様の方は急いで襲われて道具小屋に閉じ込められたかのように、頭に傷まで作って見せたのですが、着物が濡れているのに荒縄にそれほど湿り気がなく不審でした。そもそも、お話では根本様にお宝の見張りを言いつけられて、そう時が経たずに、襲われたとおっしゃいましたが、その時はまだ雨は降っていなかったのです。

それと、道具小屋から助け出された後、あれほど極みは自害だという、根本様のきついお叱りを恐れていながら、亡くなったと報されると、いきなり刀をご自身に向けたのは、行き過ぎた芝居でした」

「それでも目に見える証はないぞ」

倉三は食い下がって目をぎらつかせ、

「そうだな。講釈師、見てきたような嘘を言いとはよく言ったものだ」

森田が同調し、

「なかなかの筋立てで感心したが、仕方なかろう」

木村は険のある目で季蔵を睨んだ。

季蔵と蔵之進は宴席の端に立っている。

「こちらは多勢」

倉三が立ち上がると、

「同心と料理人が二人、ここで神隠しにあっても、世間は何とも思わぬであろう」

「まさにその通り」

木村と森田がそれに倣った。

それぞれ、どこに隠していたのか、脇差を手にしている。

――いかんな――

蔵之進の目が案じている。

季蔵は俎板の上の包丁をちらりと見た。摑むにはここからでは遠すぎる。

——どうなるのか——

息を詰めた時、

「それだけは止めてもらいたい」

若水屋が立ち上がった。

「わたくしも同じ気持ちです」

豊蓮尼が倣い、

「わたしもこんなのは嫌です」

喜和は追従し、

「あたしも——」

「わたしもです、あなた、止めてください」

お亜喜とおてるも立ち上がった。

この時、障子が開いた。

お笛と名乗っていた富助の女房が立っていた。

「お止めなさい」

お笛はいきなり目にも止まらぬ速さで、森田の脇差を奪った。

「何をする、そもそも逃げるべきだと言い出したのはおまえだろう?」

木村が食ってかかった。

「わたしたちは仇討ちが目的だったはずです。たしかに根本のような奴を殺して首が飛ぶのは嫌で、出来ればこのまま、皆それぞれ、逃げ延びたいとは思いました。けれども、罪もないこの二人を手にかければ、極悪非道の人殺しになってしまいます」

　森田は項垂れ、特徴のあるよく通る声を張った。

「たしかに――」

　木村と倉三はがくりと肩を落とした。

「あなた――」

　木村の手から畳の上に脇差が落ちた。

　おてるが駆け寄って、倉三の緩んだ手から脇差を抜き取った。

「この場に際して、命乞《いのちご》いをするわけではございませんが、わたくしたちの事情をお話しさせていただきます」

　若水屋純光は季蔵と蔵之進に向かって話し始めた。

「わたしの娘は祭りの折、ごろつきに纏《まと》わり付かれて困っていた時に助けてくだすったお侍様と好いて好かれの仲となり、先代の玉木藩江戸家老大矢《おおや》新太郎《しんたろう》様の後添えになりました。その後、大矢様は国家老とおなりになりました。娘が大矢様を好いたのは、義にも情にもあつく、お殿様ともども、災害に見舞われることが多く、飢えに苦しむことの多い領民のためこになる善攻を行おうとしていた志の高さに打たれたからです。ところが、大矢様の藩政改革の矛先が、江戸家老の根本剛右衛門と井本屋に向こうとしていたその矢先、国許にて鮑玉の大量な横領がされているとの報が、藩主の佐伯越中守資唯《さえきえつちゆうのかみすけただ》様にもたらされました。これは大矢様の粛正を察知した江戸家老の根本が、井本屋と共に仕組んだものだったのですが、屋敷内を探されて手文庫の中から鮑玉が多数出てきて、動かぬ証となり、大矢様は自刃、わたしの娘も跡継ぎの信吾《しんご》も後を追いました。わたしはこの江戸にいるだけに、根本の悪事の数々を知っております。それだけに嵌められた大矢様や娘や継子が哀れでなりませんでした。あまりにも酷い目に遭わされた身内の魂が成仏しているとはとても思えず、何とか、仇を討って無念の一途から解き放って極楽へ導いてやりたい、根本さえいなくなれば、藩政も多少はよくなるはずだと確信し、市中にいる大矢家の縁につながる者たちと力を合わせ、本懐を遂げたのです。ありがとうございました」

　若水屋は豊蓮尼に一礼した。

「わたしは大矢様に嫁いだ若水屋さんの娘御、浜乃《はまの》様の養い親でございます。お察しの通り、西国の武家の出でございますので、お家の名は明かせませんが、訃報を聞いた時は悪い夢であってほしいとそればかり思いました。その後はもう口惜しくて、口惜しくて」

　商家から武家に嫁ぐには、然るべき武家の養女にならねばならなかった。

「わたしは浜乃様と同じ頃、豊蓮尼様のところへ行儀見習いに上がりました。浜乃様は心優しく、妹のように可愛がってくださいました。想いは豊蓮尼様と同じです」

　喜和が口を添えた。

「それがしは江戸詰で、妹朝香《あさか》は自害した大矢信吾殿と言い交わした仲であった。大矢様の粛正が寸前で敵方に漏れたのは、朝香が信吾殿を裏切ったからではないかという、根も葉もない噂が立ち、妹は川に身を投げて死んだ。後でいろいろ聞き調べてみると、酷い噂の元は国許にいる、大矢派のふりをしていた根本一派であることがわかった。どんなに根本に叱られ侮蔑《ぶべつ》され続けても、いつか妹の仇を取るというのがそれがしの心の支えとなった」

木村貞之進の目に涙が浮かんだ。

「わたしたち夫婦は大矢家にお仕えしていました。夫婦で後を追いたいと申し上げたところ、生きて仇を取って、領民に温かい国にしてほしいと、主から言われて止められました。主の意に添うことだけがわたしたちの生き甲斐でした。幸い妻に意外な才があり、わたしも商いが苦でないことがわかり、やっと秋月亭に敵討ちの大舞台をしつらえることができたのです。もう、思い残すことは何もございません」

先ほどとは打って変わった夫倉三の穏やかな様子に、おてるは浅く何度も頷いた。

「大矢信吾はわたしの竹馬の友であった。共に藩政を糺《ただ》そうともしていた。わたしさえ、敵の動きに敏であれば、このようなことにはならなかったものをと、いつも我が身を責めて仇討ちに心血を傾けてきた」

森田は常は緩んで見せている背筋をしゃんと伸ばした。

お菊とお亜喜の番になった。

一わたしの父は御玉取り役人でした。お役目上、正式な妻帯はしていませんでしたが、人並みに母と恋をして成した子がわたしです。母は早くに亡くなりましたが、父は優しくわたしは幸せでした。父が鮑玉のために殺されたように思えて、子ども心に鮑玉が憎くて仕様がありませんでした。富助をあのように手の込んだやり方で殺し、井本屋を刑死させる企てをしたのはわたしです。それほど深い恨みだったのです」

お笛は毅然《きぜん》とした物言いで締め括った。

「わたしは根本の手の者に、郭《くるわ》から身請けしてくれて、祝言を挙げようとしてくれていた許婚《いいなずけ》を殺されました。後で木村様に話を聞いて、玉木藩江戸詰だった許婚は大矢様の命を受けていたとわかり、許婚の仇を取りたいと思うようになったんです。それで仲間になっていたお笛さんに渡り中間の要三さんを引き会わせました。長屋で李朝の壺の恩義を受けたこともあり、要三さんに恨みはありません。猫好きでしたし、根っからの悪人でもないと思います。けれども、とにかく弱い人で、時に根本の悪事の片棒を担いでいたのは事実で、お笛さんに口封じされるのは気の毒だとは思いながら、止めることはできませんでした」

お亜喜は常になく一度も科を作らなかった。

「わたしたちにはもう思い残すことは何もありません」

最後に若水屋が頭を深く垂れると、一同が倣った。

長かった秋の夜が明けた。

「それでは奉行所に伝えに行こう」

蔵之進が去って、一刻半（約三時間）ほど過ぎた頃、烏谷椋十郎《りょうじゅうろう》と田端宗太郎《そうたろう》、松次の三人が秋月亭の前に立った。

「それにしてもめんどうな場所を料理屋にしたものよな」

烏谷はふうとため息をついて、

「何でも、玉木藩の江戸家老が昨夜の大雨に紛れて、盗賊の一味に嬲《なぶ》り殺されたという話だが、相違ないか？」

ほんの一瞬だけ、小舟の中の骸を見た。

「はい、相違ございません」

季蔵は迷いなく応え、本当にそれでいいのかと茶化すかのような不思議な微笑《わら》いを烏谷は浮かべた。

――蔵之進様はきっと何もおっしゃらなかったのだろうが、もとよりお奉行様には見透かされている――

「何でも、金狂いで評判の江戸家老様だそうだから、ひょっとして、盗賊の一味だったかもしんねえな。ん、金の取り合いで殺されたのかもな」

松次は季蔵の耳元で囁《ささや》いた。

「客たちは？」

田端が案じた。

一皆中におります」

「それは気の毒だ。巻き添えを食って疲れてもおろう。すぐにここから出るように手配せよ」

烏谷の一声で座敷に集められていた客たちは、持ち主の横田屋夫婦や宴の招き手のお亜喜も含めて、乗ってきた小舟で秋月亭を離れた。

「もし――」

季蔵は豊蓮尼を呼び止めると、根本の骸の下にあった、歯鬼野の縫い取りがある袱紗を渡した。

――歯鬼野は、万葉仮名を知らなければ、はきやと読んで、盗賊の名乗りのようにも見えるが、万葉読みでは、はまの、これは養女だった浜乃様の袱紗だ――

「お忘れ物です」

「ありがとうございます。どこに落としたのか、気になっていたところでした。嫁ぐ時に忘れていったので、こちらにさしあげようと持参してきたのです」

豊蓮尼は浜乃の名が入った藤紫色の袱紗を、隣り合っていた若水屋純光に手渡した。

話を聞いていた若水屋は震える手で袱紗を受け取ると、両目から滂湃《ほうはい》と涙を湧《わ》き出させた。

烏谷や田端、松次たちも帰った後、季蔵は一人で調理道具等を片付ける前に、気になっていた根本の飼い猫一太郎を探した。

――犬ほどではないが、猫も飼い主に危険が迫れば相応に騒ぎ立てするだろう。とはいえ、あの人たちが一太郎まで殺していたとは思い難い――

三箇所にある納戸の二番目に開いた引き戸の向こう側に一太郎は転がっていた。つんと鼻を突く匂いは干したマタタビの実だとすぐわかる。一太郎はマタタビが恋人か何かのようにすり寄って、身悶《みもだ》えし続けていた。

――ここに置かれたマタタビの実はたったの二つ。多すぎると興奮して息ができなくなるのを案じたのだろう――

こうして季蔵は一太郎を抱いて小舟を漕《こ》ぐ羽目になったが、迷わずに送り届けたのは蔵之進の家であった。

「可愛いし、綺麗な毛並みだけれど、ちょっと太りすぎね」

怪訝《けげん》な顔のおき玖は、季蔵の腕の中で、マタタビが切れたせいか、しきりとにゃあにゃあと哀れっぽく鳴いて空腹を訴える一太郎を、知らずと抱き取っていた。

「蔵之進様に〝一太郎様をよろしく〟とおっしゃっていただければわかります」

季蔵は告げた。

二月ばかりが過ぎて市中は寒いと感じる日々が増えた。

根本剛右衛門が不慮の死を遂げた後、井本屋から坂本屋に変わっていた根本の息が掛かった両替屋は、御定法破りと見なしたお上の命により闕所となった。

一何でも御老中もお一人、任を解かれたそうだ」

烏谷はにやりと笑って季蔵に告げた。

「それから日の本一の鮑玉の元締めは、玉木藩の者から他藩の者に変わった。とかく、同じ場所は水溜まりと同じでボウフラが湧く。まだ、あるぞ、玉木藩の鮑玉売買は何と申したかな、老舗の菓子屋の隠居がはじめた数珠屋が一手に請け負うそうだ。この隠居はなかなか才長《た》けた文人でもあるようだ。そもそも鮑玉は玉であるからして、両替屋が扱うのがおかしなことだったのよ。これで玉木藩の領民にも、鮑玉の御利益が多少はまわってくれるかもしれぬな。まあ、飢饉の備えのお助け蔵ぐらいは数が増えることだろう。最後に残念な話をするとしよう。元の斎藤屋が集めたという常夜灯の権現様のお印は、どれも金ではあるが年月も浅く、ごく最近打たれて煤《すす》を塗りつけられて、年代物に見せているだけだとわかった。おそらく、どれも石で出来たただの常夜灯であろうという話だ。本物ならば骨董屋に高く引き取らせて、橋や堤防の普請の足しにしようと思っていたのだがな」

これを聞いた季蔵は、

──玉木藩の鮑玉の新しい売り手が老舗の菓子屋のご隠居？　これはきっと若水屋純光さんのことだろう。この方であれば、藩の特産品としての鮑玉の売買を、大矢様やご家族をはじめ、奸智《かんち》に長けた根本の術策で葬られた人たちが、命を賭《か》けて願った善政につなげることができるはずだ。幕府の目を盗んでの密貿易ではなく、正々堂々とした商い──

ほっと胸を撫で下ろした。

横田屋とにゃあ屋は店仕舞いして上方へ移ったという噂も耳に入ってきた。

秋月亭となるはずだった仕舞屋も売り払って、市中から横田屋が無くなったと聞いて、季蔵は文箱等の依頼を受けていた勝二《かつじ》の仕事が、ぐんと減ってしまったことに気がついた。

季蔵は密かに勝二の先行きを案じる一方、

——もう、会うこともなかろうが、あそこに会していた人たちが皆、敵討ちという縛りから解かれて、新しい道を幸せに歩いていってほしい——

祈らずにはいられなかった。

そんなある日、名の分からぬ送り主から猫着物が届いた。錆利休色の地に白いよろけ縞が縦横無尽に走っている。

——これはサビ猫を模した着物だ——

お亜喜からのものであることは間違いなかった。

——お亜喜さんの飼い猫もサビ猫で、瑠璃のところの虎吉と同じだ——

季蔵は早速このサビ猫着物を瑠璃の元へと届けに行った。

それを包みから出して畳の上に置いたとたん、虎吉が飛び乗って丸くなった。サビ猫柄の猫着物にサビ猫が融け込んでいて、心地よさそうに目を細め、たいそう気に入っている様子である。

「今はまた、以前のように仲良くなったようですよ。瑠璃さんも虎吉もとても穏やか——

お涼は季蔵に告げ、瑠璃は微笑みながら、優しく虎吉とサビ猫着物を交互に撫で続けていた。

この時、季蔵はお亜喜の猫と飼い主を想う気持ちが、幸せに輝く七色の虹のように瑠璃と虎吉を照らして、優しく守っているかのように感じた。

――お亜喜さん、ありがとう――

一方、一太郎の新しい飼い主となった蔵之進は、

「あやつは一太郎様と呼ばぬと返事をしない。猫の分際で不届きな奴だ」

始終おき玖相手にぼやいているという。

また、そろそろ届けられるアワビは品薄になってきているというのに、

「聞いたぞ、松笠アワビ三種がことのほか美味なことを。わしはまだ食うておらぬぞ、早く馳走《ちそう》してくれ」

押しかけてきた烏谷はいっこうに諦《あきら》める様子がなかった。

〈参考文献〉

『江戸のおかず帖　美味百二十選』島崎とみ子著（女子栄養大学出版部）
『完本大江戸料理帖』福田浩・松藤庄平著（新潮社）
『日本の食文化史年表』江原絢子・東四柳祥子編（吉川弘文館）

時代小説文庫
わ 1-37

江戸《えど》あわび 料理人季蔵捕物控《りょうりにんとしぞうとりものひかえ》

著者 和田《わだ》はつ子《こ》

2016年9月18日第一刷発行

発行者 角川春樹

発行所 株式会社 角川春樹事務所
〒102-0074 東京都千代田区九段南2-1-30 イタリア文化会館

電話 03(3263)5247[編集] 03(3263)5881[営業]

印刷・製本 中央精版印刷株式会社

フォーマット・デザイン&シンボルマーク 芦澤泰偉

ISBN978-4-7584-4037-0 C0193
http://www.kadokawaharuki.co.jp/[営業]
fanmail@kadokawaharuki.co.jp[編集] ご意見・ご感想をお寄せください。